グリーンピースの秘密

小川　糸

幻冬舎文庫

グリーンピースの秘密

目次

本文イラスト　芳野
本文デザイン　児玉明子

柚子があれば

1月1日

ペンギンが五目なますの作り方を聞いてきた。

いやー、それは無理でしょ、と無下に言ってから、でもそうだよね、お正月はやっぱりアレが食べたくなるよね、と思い、いっちょやってみるかー、という気になって、昨日から急遽、五目なますを作っている。

といっても、三浦大根が手に入るわけでもないし、いつもの材料では作れない。なので、ベルリン版五目なますと割り切り、今回は乾物のごぼうと蓮根をベースに作ってみる。

あとは、人参があったので人参を千切りにし、椎茸の旨煮も切って、お揚げも最後の五枚を炊いて、軽く湯がいたごぼう、蓮根と合わせてみる。

郷に入っては郷に従え。

お酢も、ちょうど日本のを切らしていたので、バルサミコ酢で代用した。

今のところ、順調。

これに柚子があれば完璧なんだけどなー、と思いながら、冷蔵庫で寝かせ中だ。

本当は去年、母に最後、手作りのおせちくらい食べさせてあげたいな、と思って計画を練っていた。

けれど、病気が予想以上のスピードで進んでいて、年末はもう、そんな状況ではなくなっていた。

だから今年は、仏様に作るような気持ちで、作った。

明日起きたら、仏様にもお供えしよう。

それにしても、五目なますを作る時は、毎年、緊張する。

一年に一回きりだし、量が多いし、それなりにいい材料を使うので、失敗が許されない。

だから、石橋を叩いて渡るみたいに、慎重に味見を繰り返しながら、味を突き詰めていく。

ペンギンは、大晦日、ひとりですき焼きを堪能したらしい。

昼間、割り下ってどうやって作るの？　と質問された。

簡単だよー、と言って、うちでいつも作っている割合を教える。

せっかくなので、みなさんにも。

日本酒、砂糖、醤油の割合が、3対1対1。

これを一度煮立てて、冷ませば割り下の完成です。

冷蔵庫に入れておけば、結構持ちますよ。


今日は、読者の方からいただいた読者カードなど読みながら、せっせと掃除。

実際にドイツの住宅に住んでみると、ドイツ人の掃除好きが、なんとなく理解できるようになった。

私が思うに、ドイツ人は、きれい好きなのではなく、掃除が好きなんじゃないだろうか。

きれい好きという点では、イタリア人の方がそれを強く感じるし、フランス人は、きれい好きでも掃除好きでもない。

ドイツ人は道具とか機械が大好きで、掃除道具も大好きだ。

クリスマスマーケットに店を出す、ブラシ専門店を見て思った。

そこに集うドイツ人（特に男性）の目が、らんらんと輝いていた。

確かに、ドイツの住宅は、掃除をしたくなる。

そして、掃除をすれば、その成果が如実にわかる。

ホーローのバスタブとか、白いタイルとか、なんか掃除心をくすぐるのだ。

でも、ドイツ人がきれいにするのはあくまで自分の家の中だけ、という気もする。

外に出ればタバコの吸い殻がそこら中に落ちているし、犬の落し物をいまだに拾わない人もいる。

街全体をきれいにしよう、という意識は、あまり感じない。

ベルリンだけかもしれないけど。

クリスマスの前日、手にじゃが芋の大きな袋をぶら下げていた人たちがたくさんいたけど、大晦日は、みなさん手に花火を持っている。

この時期だけ、お店で花火を買うことができるのだ。

そして、どうやら大晦日は花火を上げて馬鹿騒ぎするのが恒例らしい。

特に私がいるアパートの前は公園で、そこは花火のメッカらしく……。

私はいいのだけど、ゆりねにとってはどうなのだろう。

ベルリンで犬を飼っている人たちは、この日、たいてい犬を連れて田舎へ避難するとか。

今もぼちぼち上がっていて、しかもアパートのベランダとかから無秩序に上げるので、本当に怖い。

自分に向けて花火を放たれたという人の話も聞いたことがある。

戦々恐々としている私。

そんなことを思っていたら、もう日本は12時を過ぎて、新年を迎えた。

あけましておめでとうございます。

今年もよろしくお願いします！

２０１８年の私の目標は、庭仕事を始めること、かな。

もう少し、地面に近い暮らしができたらいいな、と思っている。

ゆくゆくはそこで、柚子が収穫できたら万々歳だけど。

長い、長ーい道のりだ。

今夜は、残り半分のステーキを焼き、年越し蕎麦ならぬ、年越しパスタ。

最近気に入ってよく作っているのがひじき納豆パスタで、作り置きのひじきと納豆を絡めるだけ。

パスタも、さやいんげんみたいな形をした、ちょっと変わったショートパスタがお気に入りで、今夜もそれを食べる。

ペンギンはいまだに、パスタといえばスパゲッティと思っているから、ショートパスタを出すと嫌な顔をする。

でも、一人分を作るなら、ショートパスタって、すごく便利だ。

大晦日だし、赤ワインくらい、飲んじゃおっかな。

でも明日も朝から仕事したいから、やめとっこか、悩み中。

おっと、今もどこかから花火が上がった。
大晦日はやっぱり、日本式の静かな夜がいい。
ゴーン、ゴーンと響く、除夜の鐘が懐かしい。
2018年が、平和で、笑顔のあふれる、素晴らしい年となりますように！

松の内

1月8日

日本に松の内があるように、ドイツにも、似たような風習があるらしく、どうやら、昨日とか今日がそれに当たるらしい。

クリスマスが終わる、という感覚で、それが過ぎると、みなさん、家の中に飾っていたツリーを道路に捨てる。

その捨て方というのが大胆で、道にぶん投げてある。

良識的な捨て方は、街路樹が植えてある土の上に置いておく、というのだけど、中には、アパートの窓からそのまま下に落とす人もいるらしく、かなり荒っぽい。

上から何か落ちてくるんじゃないかと、ヒヤヒヤする。

日本みたいに、一年間お世話になった破魔矢とか正月飾りをお焚き上げする、という方が、私は優しさを感じて好きだなぁ。

荒っぽいといえば、大晦日の花火が凄まじかった。

最初、ゆりねは平気で寝ていたのだけど、夜中の12時が近くなるにつれてどんどんエスカレートし、四方八方から花火が打ち上げられ、その音がまた響くので、だんだん過呼吸のようになって、完全に口を開けて短く息をするようになった。

私もうるさくて眠れないので布団を出て、結局、花火がおさまる午前2時近くまで起きていた。

音だけ聞いていると、外で発砲しているみたいで、戦争の恐怖を垣間見た。

この、ベルリン名物大晦日の花火は、日本人にはことごとく不評で、私ももう金輪際、結構、という気分。

場所によって多少のばらつきはあるものの、どこもおしなべてうるさそうだ。

多分、私が住んでいる地区は、それでもまだ節度がある方で、ひどいところは、通りを挟んだ向かい側のアパートから、こっちのベランダめがけて打ち上げるという。

恐ろしい。

きっと、事故とかも起きていると思う。

今日は日曜日なので、トラムを数駅乗って、公園へ。

真冬の公園もまた、気持ちよかった。

気温は3度だけど、散歩する人やジョギングする人で、結構にぎわっている。

久しぶりに、ゆりねをノーリードで遊ばせた。

電動車椅子のおばあさんが、黒い犬を散歩に連れてきていて、ゆりねが着ている服に興味津々の様子だった。

帰り、トラムを待っていたら、またおばあさんに話しかけられる。

おばあさんはゆっくりと話すので、言葉が聞き取りやすい。

今年の目標その1は、ドイツ人のおばあさんと友達になること。

赤い靴と赤い帽子でコーディネートしたおばあさんは、ゆりねを見ながら、こう言った。

「私も、ヨークシャーとハスキーを飼っていたんだけど、どっちも死んじゃったのよ」

おそらく、だけど、そんなことを話した。

飼っていた犬のことを思い出したらしく、懸命に涙を拭っていた。

何か優しい言葉をかけてあげたかったのに、まだ、そんな高度なドイツ語は話せない自分が情けなかった。

がんばれ、私。

そんなに急に陽が長くなるはずはないのだろうけど、冬至を過ぎたら、なんだか暗くなる時間が遅くなったような気がする。

冬の底を越えたような感覚で、精神的な日照時間が長くなった。
これからは日に日に春に近づくのかと思うと、ホッとする。
あと2ヶ月ちょっとで、ベルリンに来てから一年が経つ。
早い、本当にあっという間の一年。
思えば、激動の一年だったな。

なくした財布

1月10日

つい、昨日のこと。

昼過ぎ、ゆりねの散歩がてら、近所の雑貨屋さんへ行った。

歩いて10分もかからない所で、今、セールをしている。

ホーローのトレイが50%オフになっているのを知っていたので、それがお目当てだ。

ゆりねの散歩の時は、それ用の肩掛けバッグを持ち歩いている。

いつもはお財布に少しのお金しか入れていないのだけど、昨日は買い物をするので、銀行のカード（そのままクレジットカードと同じように買い物ができる）と、もし重くて地下鉄に乗った時のために、一応一ヶ月の定期券を入れてあった。

めでたく50%オフのトレイを買って、銀行カードでお金を払い、そんなに重たくないからまた歩いて帰ってきたのだが、家に戻って散歩用の肩掛けバッグを外した時、あれ？　妙に軽いことに気づいた。

というのも、お財布には小銭がいっぱい入っていて、ユーロの硬貨はやたらと重いのだ。

絶対におかしい、と思って慌てて探したら、やっぱりお財布がなくなっている。

一番に頭に浮かんだのは、お店だった。

お店に忘れてきたかと思い、すぐに電話したものの、ないという。

大した移動距離ではないし、たった今だし、とりあえず来た道をもう一度辿ってみようと、再度出かける。

けれど、道端にもやっぱりなかった。

もう一度お店に出向いて落ちていないか探させてもらい、どんなお財布かを説明し、もし見つかった時のために連絡先を残してきた。

それから銀行に行って、カードを紛失したことを伝え、新しいカードの再発行をお願いしてきた。

お店でないとすると、考えられるのはスリだった。

私がお散歩用に使っているのはチャックがないタイプで、すぐに手を入れられてしまう。

ペンギンにはいつも、チェーンをつけるよう言われていた。

ただ、バッグは体の脇に密着しているので、その時はわかる。

人混みにまぎれたような記憶もなかった。

わからない間にすられたのだとすると相当のプロで、何かに悪用されたら嫌だなぁ、と思っていた。

というのは、パスポートのコピーとか住民票のコピーとかが入っていたから。銀行は暗証番号がないと引き出せないので大丈夫だろうとは思っていたけれど、それでも不安だった。

それに、定期がまだ10日ほど使えたのも、悔しい。

現金は歯ぎしりして眠れなくなるほどの額ではなかったけど、お財布をなくすなんて初めてだし、自分がちゃんとしていなかったせいだと思うと、落ち込んだ。

なんとなくベルリンに慣れて、気が緩んでいたのは確かだ。

住所も名前も電話番号も知られているし、泥棒に入られたら嫌だなぁ、とかそんなことを思っていた。

お金はとっくに諦めているけれど、お財布自体、愛着があって、使いやすかった。

あのお財布がどこかのゴミ箱に捨てられるのを想像すると、しのびなかった。

ところがどっこい、今日、散歩に行く前に郵便受けをのぞいたら、なんと、お財布が入っていた。

もちろん、と言うべきか、現金は小銭も含めてきれいさっぱりなくなっていたけれど。銀行のカードもそのままで、というか、むしろ中がきれいに整理されて戻されていた。嬉しかったのは、定期も戻ってきたこと。

一緒にしていた定期以外の乗車券もそのままで、なくなったのは現金のみだった。こうなることがわかっていたら、昨日慌てて銀行になど行かないで、一晩様子を見ればよかったかな、と欲張りなことを考えてしまう。

でも、こうなったらいいな、と私はほんの少し期待していた。

だから、郵便受けにお財布が戻っているのを見た時は、飛び上がるほど嬉しかった。

おそらく、店で拾った誰かが、現金だけ抜いて戻してくれたのだと思う。

それか、現金を抜いた後に打ち捨てられていたのを、誰かが拾ってくれたか。

でも、後者の場合だったら、落ちてたよ、とか一言あってもいいはずだから、やっぱり可能性として高いのは拾った本人が戻してくれた説だ。

日本みたいに、落としたお財布がお金に全く手をつけられずに戻ってくる、というほど甘くはないけれど、なんとなくこの感じがいかにもベルリンっぽいなぁ、と感心した。

しかも、直接郵便受けに入れて帰る、というところが。

そういえば、午前中、2回ほど呼び鈴が鳴って、応答したけれど相手が何も言わないということがあった。

エントランスの鍵を持っていない外部の人がドアを開けてほしい時に、家にいる誰かに頼んで開けてもらうというのはよくあることだから別に気にしていなかったけど、おそらくその人は、私が家にいることを確認した上で、郵便受けに戻してくれたのだろう（推測）。お財布をわざわざ返しにきてくれたのだから、あの中に入っていた何千円分かで、美味しいものでも食べてくれたらそれでいいや。

銀行カードを再発行してもらうための手数料はかかってしまったけど、後味の悪い終わり方ではなかったので、良しとしよう。

そして私は早速、お財布をチェーンというか紐でバッグに繋《つな》げた。

これは、一方を安全ピンでバッグに留めて、一方をお財布に結ぶというやり方で、おススメです。

ペンギン姉からプレゼントしてもらったものだから、戻ってきて本当によかった。

めでたし、めでたし。

冬の遠足へ

1月15日

週末、いつもの女子三人で冬の遠足へ行ってきた。

今回は、一泊して温泉へ。

温泉というと日本の十八番《おはこ》という印象があるけど、ドイツにも、温泉が結構ある。

ブランデンブルクカルテと呼ばれる、ブランデンブルク州なら5人まで乗り放題のチケットを買い、電車とバスを乗り継いで行く。

さっそく、電車の中でお弁当開き。

私は、おにぎりを作って持って行った。

三人とも同世代だけど、珍しく私が一番お姉さんなので、このメンバーで一緒にどこか行く時は、ついつい妹たちに何かおいしいものを食べさせたくなり、張り切ってしまう。

今回は、日本から焼いて持ってきた塩鮭をほぐしておにぎりにする。

私は、甘塩鮭より、しょっぱいしょっぱい塩鮭が好き。

塩鮭は、ほんのちょっとでご飯がすすむ。

おにぎりと一緒に、椎茸の煮たのと、いぶりがっこを持って行った。

「え？　学校？　学校って何？」

と言いながら、美味しい美味しいといぶりがっこを食べていた。学校じゃないけど。

今回目指したのは、ポーランドの国境近くにある、シュプレーバルトという地域の温泉。

そこに、日本のスーパー銭湯みたいな温泉施設がある。

お湯の塩分濃度が高く、死海とほぼ一緒。

それが楽しみで、結構前から、冬の遠足を企画していたのだ。

バスの乗り場がわからなくて乗りたかったバスが行ってしまったり、小さなハプニングはあったものの、温泉はとてもよかった。

ドイツのサウナは基本、男女混合裸族なのだけど、そこは水着着用のエリアもあって、私はまずそこで温泉を楽しむ。

大きめの屋内プールや、サウナ、外の露天風呂など、いくつかバリエーションがあったけど、私たちを虜にしたのは、なんといってもプカプカだった。

塩分濃度が高いので（確かに、口に入ったお湯はしょっぱかった）、ぷかぷかぷかぷか、体が浮かぶのだ。

実は私、同じようなことをエストニアでもやったことがあり、それがあまりに気持ちよくて、忘れられなくなっていた。

ただ浮かんでいるだけなんだけど、ものすごく気持ちいい。

宇宙にぽーんと投げ出されたみたいな感じで、いくらでもプカプカしていられる。

実際、私は多分2時間くらいプカプカしていた。

本当はもっともっといつまでも浮かんでいたかったのだけど、ホテルのチェックインの時間が来てしまい、泣く泣くプカプカを中断した。

今度は、朝から晩までプカプカしたい。

温泉を上がる頃には、外は真っ暗。

本当はその施設内にあるホテルに泊まりたかったのだけど、満室で、近くのビオホテルに泊まることになっていた。

近くといっても、歩いて30分くらい。

しかも、街灯が全くないので、本当に真っ暗闇の中を、てくてく歩く。

車道の脇に、歩道があって助かった。

とにかく、周りは何も見えないから、歩道だけを頼りに進む。

そうして、なんとかビオホテルに到着した。

そのビオホテルがまた、かわいくて素敵で大満足。

部屋にはサウナもあって、至れり尽くせりだった。

晩ご飯も、そこで食べられるとのこと。

ワインを飲みながら、女子三人、風呂上がりの新年会に酔いしれた。

みんなそれぞれいろいろ抱えているけれど、お互いに励まし合い、幸せも不幸も共にしよう、という仲間がいるのは幸せなことだ。

「私、もしかして女子旅なんて、十代の頃以来かも」と誰かが言って、私も、私も、となった。

確かに、女子だけで旅行することって、最近、なかったかも。

でも、そこに男の人がいない、というだけでとても気が楽だし、修学旅行みたいな楽しさがある。

何をしても楽しくて、夜部屋に戻ってからも、お茶を飲みながら話していた。

朝食も、サラダやらソーセージやらハムやらがいろいろあって、大満足。

結局、最初に泊まろうとしていたホテルより、ずっと自分たち向きのホテルだった。

昨日は暗くて全く見えなかったけど、中庭には池があって、朝、氷が張っていた。

帰りは、また30分歩いて、バス停を目指す。
帰り道の霜が、とってもきれいだった。

手前味噌　1月21日

仕込んでから3ヶ月くらいで食べられるようになると聞いていたけれど、年が明けてから、すでに味噌のいい香りがしてきたので、開けることにした。

暖かい場所に置いていたから、発酵が早く進んだのかもしれない。

途中で一回、ガスが出ていたのでガス抜きはしたけれど、カビは全く生えなかった。

大豆の茹で汁をほとんど加えず、水分をなるべく入れないで仕込んだのが良かったのかもしれない。

ドキドキしながら味見をしてみると、ちゃんとお味噌になっていた！

しかも、めちゃくちゃおいしい。

やったー、大成功。

これで、手前味噌が食べられる。

大きい容器に入れて仕込む、とかいろいろやり方はあるけれど、私は今回、ジッパー付きの袋に入れて仕込んでいた。

結果としては、これがすごくやりやすかったように思う。

空気が入らないようにするのも楽だったし、途中でガス抜きする時も、少しジッパーを動かしてそこから抜けばいいだけだから、簡単だった。

カビが生えてしまうのは、空気に触れるから。

だから、なるべく空気に触れないような環境を作ってあげればいいのだ。

私は今回、わりと大きめの袋にまとめて入れてしまったのだけど、次からは小さめの袋に小分けして仕込もうと思っている。

というのは、その方が扱いやすいし、上下を入れ替えたりするのも簡単。

使いたい量だけ出せるから、便利だ。

大きい袋に詰めていた分は、瓶などに小分けにした。

少しずつ、友だちに分けてあげよう。

昨日はさっそく、人参を蒸し煮にして、手前味噌とオリーブオイルをかけていただいた。

毎週金曜日のマルクト（青空市）に店を出す八百屋さんの人参が、すごくおいしい。

間引き人参なのか、大きさがバラバラなんだけど、新鮮で、茹でるとほんのり甘くなる。

見つけるとつい買ってしまうので、最近、人参ばかり食べている。

味噌とオリーブオイルは、とても相性がいい。

今回は、麦麴と米麴、両方同じ量だけ仕込んだ。

味にそれほどの違いはなく、どっちも甲乙つけがたい。

でも、気持ち麦の方が好きかな。

次回は麦麴だけで作ってもいいかもしれない。

現在、東京で一人暮らし中のペンギンは、料理に目覚めたらしく、毎日、自分で作った料理の写真をせっせと私に送ってくる。

確かに、どれもおいしそう。

私の方はというと、外に出るのは寒いし、私も同じようにせっせと自炊している。

冬ごもり中なので、食べているのはもっぱら日本の乾物類。

だから、とても健康的な食生活だ。

昼間カフェには行くけれど、晩ご飯を外食するのは、週に一回くらいだ。

夏は外へ、冬は内へ。

ほんと、この振り幅がベルリン流だ。

ただ、焼き餃子には苦戦している。

冷凍餃子がうまく焼けなくて、目下、4連敗中。

初めて焼いた時にうまく焼けすぎて、なーんだ、簡単じゃないの、と油断したのがいけなかった。

ビギナーズラックには、注意しなくちゃいけない。

果たして、次はうまく焼けるかな？

そうそう、うれしいニュースがひとつあります。

『キラキラ共和国』が、2018年の本屋大賞にノミネートされました！

ノミネートされるのは、去年に続いて、2年連続です。

素直に喜んでいる私。

手前味噌ですみませんが。

土曜日の朝の光が、とてもきれいだった。

先日、花屋さんで買ってきた球根から出てきたのは、母が大好きな淡いピンクのヒヤシンス。

そろそろ、春が待ち遠しい。

木曜日の過ごし方

1月26日

ペンギンから、家の洗濯機が脱水をしなくなったと連絡が入った。

まだそんなに長く使っていないのに、と嘆いていたら、数時間後、また連絡が入って、直ったという。

どうやら、あまりの寒さに水道管が凍結して、脱水ができなくなったらしいのだ。

お湯をかけて、事なきを得た。

東京よりもベルリンの方が暖かいなんて、変な気がするけれど、一昨日、昨日と、こちらでは最高気温が10度を超えた。

そんなことは滅多にないので、なんとなくみんな、ウキウキしている。

私も、今日はあったかいからアイスが食べたいなぁ、なんて思ったり。

いまだに、本格的な雪は降っていないし。

一時期凍りかけた池の表面も、また溶けてしまった。

もしかして、このまま春に向かうのかしら？

昨日は午後、サウナに行ってきた。

友人に教えてもらった近所のサウナで、昨日はレディースデー。

男女混合裸族でもまぁいいんだけど、やっぱり女性だけの方が何かと楽。

そのサウナが、めちゃくちゃよかった！

一時間に一回、サウナを管理するお姉さんが、ちょっとした儀式のようなことをしてくれるのだ。

その時間になると、ぞろぞろとみんながサウナに集まってくる。

そして、インドっぽい音色の鐘を鳴らし、アロマエッセンスを混ぜた水を、熱々のところに惜しげもなくかけてくれる。

それから、大きな団扇《うちわ》みたいなのを振りかざして、空気をかき混ぜ、一人一人に、熱風を送ってくれるのだ。

それだけで、汗がじゅわっと滲み出てくる。

昨日は、オレンジやグレープフルーツ、ラベンダーの香りがサウナに広がった。

更に嬉しいのはフルーツだ。

熱い、熱い、もう外に出たいわー、という時、冷たいフルーツが振舞われるのだ。

汗を流しながら頬張るグレープフルーツは、最高においしかった。

小さいけれどお庭もあって、サウナで熱くなったら、外のベンチで休憩。

体が冷えたら、またサウナで汗を流し、熱くなったらお庭へ。

そして一時間に一回、サウナの儀式。

そんなことを繰り返したら、3時間があっという間に過ぎていた。

横になるスペースもあるし、体を癒すには最適な場所。

照明も、ほとんどが蠟燭だけで、全然きらびやかじゃないのも、すごくいい。

大きなスクリーンには映像が流されていて、雰囲気がとてもよかった。

男女混合裸族だと、やっぱりあぐらをかいたりするのには抵抗があるから、レディースデーの方がくつろげる。

すっかりそのサウナが気に入った。

昨日はかなり疲れていたのだけど、サウナのおかげで、リラックスしてすっきりした。

というわけで、木曜日の午後は、サウナに行こう！

アインシュタインの言葉と　1月30日

〈静かで質素な生活は、絶え間ない不安にかられながら成功を追い求めるより、多くの喜びをもたらす〉

これは、アインシュタインの言葉。

1922年、東京の帝国ホテルに泊まっていた際、アインシュタインが、働いていたベルボーイにチップとして渡したものだという。

新聞に、記事が載っていた。

そして、そのベルボーイの妹は、その言葉が書かれた便箋を、金庫の中に大切に保管していたそうだ。

その後便箋は、横浜からドイツへと渡り、日本人の父とドイツ人の母を持つ男性によって、発見される。

男性は、投資会社に勤める35歳で、ハンブルクの自宅で引っ越し作業をしている時に、食器棚の引き出しに入っていた封筒を見つけたそうだ。

そして、中から出てきたのが、この言葉。

自分が持っていても劣化するだけだから、と男性は競売に出品した。

そして、1億6900万円（手数料込み）の値段で落札されたと書かれている。

なんていい言葉なんだろう。

でも、なんで売ってしまったのかな。せっかく、おばあちゃんが大切にしていたのに。

お金に困っていたなら、ともかくとして。

とも思った。

それにしても、百年近くも前の言葉だということが信じられない。

アインシュタインは、今を生きる私たちに語りかけている。

今日は、郵便受けに2通、手紙が入っていた。

ふたつとも日本からで、一通は仕事をご一緒してその後も関係が続いているカメラマンの友人から。

そしてもう一通は、大学時代の友人から。

去年、お話会をした時、ひょっこり来てくれたのだ。

その大学時代の友人からの手紙には、長田弘さんの詩を彼女自ら書き写してくれたものが2編、入っていた。

「食べもののなかには」と「ふろふきの食べかた」。

どっちの詩も、どんぴしゃで私の胸に飛び込んだ。

キッチンの壁に貼って、毎日読もう。


もうすぐ2月。

ベルリンにはまだ、本格的な冬が来ていないような気がするんだけど、もしや、このまま春に向かうのかな。

一番あったかいダウンコートが、いらなくなってきた。

でも私は、アパートの前の池が凍って、そこでスケートをするのを、ひそかに楽しみにしていたんだけど。

ちょっと、肩透かしをくらった気分だ。

梅、どっかにないかしら？

極寒と灼熱　2月9日

来た来た来た来た、寒い冬。

やっと、冬らしい冬が来た。

最高気温0度、最低気温マイナス6度。

こういうのを、待っていた。

ただ、空がものすごく晴れているので、家の中にいる分には、ただの晴れの日と変わらない。

建物の作りが頑丈なせいか、日本の家の方が寒く感じるほど、部屋の中は暖かだ。

だから、外に出てビックリする。

でも、空が晴れていて気持ちがいいので、外を歩くのも苦にならない。

中には日光浴をしている人や、寒い中、外でコーヒーを飲む人たちもいる。

鳥も、鳴き始めた。

今週はずっとそんなお天気だったので、家にこもって、映画ばかり見ていた。

『海辺の生と死』もよかったし、『さざなみ』もよかったし、『永い言い訳』もすばらしかった。

『A FILM ABOUT COFFEE』は、コーヒー豆を巡るドキュメンタリーで、ふだん何気なく飲んでいるコーヒーがいかに貴重かを思い知らされたし、だからこそ、むやみに飲むものでもないと反省した。

あと、前にも見ていた『帰ってきたヒトラー』をもう一度、ドイツ語の勉強がてら見直した。

この映画は、ドイツの事情や風景と重ねてみると、より深みが増してくる。

中でも、もっとも印象に残ったのは、『ギフト 僕がきみに残せるもの』だった。

この作品は、難病のALSを発症した、元アメリカンフットボールの人気プレーヤー、スティーヴ・グリーソンのドキュメンタリーだ。

彼が、個人的に撮り始めたビデオダイアリーが元となっている。

彼は、病気を宣告されたのとほぼ時を同じくして、妻・ミシェルの妊娠を知る。

二人にとって、初めての子ども。

これほどの、人生の明暗もない。

ビデオダイアリーは、これから生まれてくるその子どもに向けて、グリーソンが残したものだ。

少しずつ体の自由が効かなくなっていくグリーソンの姿が、生々しい。

でも、それを支えるミシェルが、本当にすばらしいのだ。

そして、生まれてきた息子、リバース。

グリーソンは、抱っこができない代わり、リバースを電動車椅子に乗せてびゅんびゅん走る。

一人の人間の力がいかにすごいかを知らされた。

グリーソンに起きたことは、逆境にも負けず、なんていう簡単な言葉では抱えきれない。

父親との葛藤も含め、彼は、人の何倍もの光と影を味わった。

それでも、生きていこうとする姿に、心を打たれた。

グリーソンの活動により、多くのALS患者も救われた。

それは、彼だからこそ、なし得たことだ。

グリーソンは、次第に体の自由が利かなくなり、言葉も話せなくなる。

現役のアメフト選手時代からは想像もつかないほど、体もやせ細った。

それでも、魂のきらめきを感じさせてくれる姿が、美しかった。

それにしても、技術の進歩はすごい。

こんなふうに、簡単にインターネットで映画をダウンロードできることもそうだし、話すことができなくなったグリーソンに代わって、視線を動かすことで言葉を伝えるシステムもすごいと思った。

本人の声で再生されるので、まるでグリーソンがしゃべっているようにしか聞こえない。

グリーソンは今、そういう技術の開発にも取り組んでいるという。

まだまだたくさん見たい映画があるので、今月は、映画月間にしよう。

昨日は、木曜日なのでサウナに行ってきた。

極寒と灼熱を行ったり来たりして、たっぷりと汗を流した。

マイナスの気温の中、バスローブ一枚で外にいるなんて、想像するとゾッとするけど、これがなんとも気持ちよくて、やめられないのだ。

そして今日は午後、整体へ。

お正月

2月12日

先週末、ペンギンがベルリンに合流し、わが家は久しぶりに全員そろった。

まだ新年を一緒にお祝いしていなかったので、ようやく今がお正月気分だ。

夜、ゆりねを間に挟んで川の字で寝ていると、やっぱり落ち着く。

ゆりねは、どこまで理解しているのか微妙ではあるけど、なんとなく、喜んでいる風ではある。

ペンギンがお餅を持ってきてくれたので、お雑煮が食べられる！

昨日は、元ピアノの修理工場で行われるピアノのコンサートに行ってきた。

初めての場所だったのだけど、とてもいい雰囲気だった。

ピアニストが一台ずつピアノを弾いて競演するパフォーマンスが見事。

日曜日の夜8時からのコンサートで、場所もちょっとうらさみしいような所にもかかわら

ず、会場にはおそらく３００人くらいの人が来ていて、こういうイベントに、ちゃんと人が集まるベルリンって、やっぱりすごいなぁと思った。

チケット代も25ユーロ（飲み物付き）と手ごろだし、夕飯を食べてから、近所の人たちがふらりと普段着で集まっている感じがとてもコージー。

こういう肩肘の張らない場所で、一流のピアニストの演奏が聴けるなんて、とっても贅沢だ。

またひとつ、ベルリンにお気に入りの場所ができた。


そうそう、何かと合理的なシステムを採用しているドイツだけれど、電気料金などの払い方も、極めて合理的だ。

最初、電気の基本料金が月90ユーロと聞いて、高いなぁと思っていたのだが、基本料金の内容がそもそも日本とは違うのだ。

日本の場合、月にいくら使った、というのを毎月計算してその都度ぴったりな料金を払うけれど、ドイツの場合は、それを、毎月ではなく、一年間の総量で決める。

基本料金というのは、前の年の使用量から割り出された大体月にこのくらい、という額で、それを月々同じ額だけ仮に払っておき、年に一回だけきちんと計算して、足りない分は追加で払い、多く払い過ぎた分は戻される、というシステムなのだ。

確かにその方が、月ごとに計算するよりも、無駄は省ける。

ドイツ人は、本当に、あらゆる面で、とことん合理的だ。

去年はそれで、月に90ユーロずつ払っていたのだけど、電球をLEDに替えたり、洗濯機も、私ひとりの時は4、5日に一回しか使わなかったりしていたら、大幅に基本料金が下がって、今年からは年に40ユーロになった。

日本もじょじょに自分で電力会社を選べるようになっているけれど、ドイツはもっと進んでいて、自然エネルギーだけの電力会社にすることもできたり、選択の幅が広がっている。

さて、今月はペンギンもいるし、ちょっと遅めのお正月休みということで、のんびりしましょ。

寒空の下

2月16日

今日は金曜日で、近所の広場にマルクトが立つ。

ペンギン、どうしても焼き魚が食べたいというので、お昼、おにぎりとお醤油を持参し、マルクトへ。

途中のお菓子屋さんで、食後のお菓子もゲットする。

ほぼ、一番乗りだった。

冬でもみなさん、夏場ほどではないにせよ、マルクトで食事をしている。

サバの丸焼きを頼んで待っていたら、焼き魚屋さんのご主人が、待っている間に飲んでみて、と試食用のフィッシュスープをくれた。

トマト味がきいていて、おいしい。

ペンギンは、隣のトルコ総菜店からトルコ料理のおかずを買ってきた。

久しぶりのサバの丸焼き。

おにぎりとお醤油を持ってきて大正解だった。

それにしても、寒い。

さっきまで湯気を立てていたはずの料理が、みるみる冷たくなっていく。

最近ますます食いしん坊度が増しているゆりねは、自分にもよこせ、とビョンビョン飛び跳ねる。

あんまりうるさいので、少し離れたところの木に繋いだら、魚屋さんの方をジーッとうらめしそうに見つめていた。

その後ろ姿が、めちゃめちゃかわいかった。

食欲に火がついたらしいペンギンは、魚とお惣菜を食べた後、お口直し（？）に、ソーセージもつまんでいる。

確かにおいしいけど。

私は、いつものコーヒー屋台でカプチーノを買い、どうしようもないほど好きになってしまったフランス菓子屋さんのカヌレを頰張る。

ペンギンが選んだクイニーアマンも、サクッとしていて、かなり上出来。

最後に、八百屋さんでロメインレタスとネギを買って、早々に帰宅した。

さすがに、ずっと外にいるとどんどん体が冷えてくる。
今日は夜、お客様なのだ。
だいぶ遅くなってしまったけれど、新年会ということで、昨日から張り切って料理している。
メニューは、こんな感じ。
築地の塩辛
かんぴょう（ワサビを添えて）
茶碗蒸し
お揚げとじゃが芋の炊き合わせ
サクサクおこげ
身欠きニシン
ゼンマイのお浸し、オリーブオイルがけ
牛肉の酒粕漬け
ロメインレタス
お蕎麦のペペロンチーノ
ペンギンが日本からいろんな食材を持ってきてくれたおかげで、今、料理脳が活性化している。
やっぱり料理は楽しいなぁ。
身欠きニシンは、一部を、自家製の味噌に漬けてニシン味噌を作った。
あと少し寝かせれば、完成する。
ご飯にのせて食べてもいいし、お酒のアテにもいい。
自家製味噌は、私だけの錯覚ではなく、ペンギンにも大好評だ。
ただ、おいしいのでどんどんなくなっていくのがちょっと悩ましいのだが。

思い出の宿

2月26日

南仏へ行ってきた。

今回も、行きはちらし寿司のお弁当を作って持って行き、上空で食べる。

ちなみに、初めて行ったシューネフェルト空港（ベルリンにある、テーゲル以外のもうひとつの空港）は、驚くほど無駄を省いた質実剛健な空港だった。

今回は、アンティーブからスタートし、鷹ノ巣村に一泊ずつし、最後はニースからまたベルリンへという旅を計画した。

私にとって南仏は、思い出の地。

もう20年以上も前、ニコンのカメラF3を持ってひとり旅をしたのも南仏だし、その後ペンギンと、今から思うと婚前旅行みたいな感じで一緒に旅行したのも南仏だった。

南仏には、ちょっと山の方に入ったところに、鷹ノ巣村と呼ばれる小さな村が点在してい

る。

20年前のひとり旅でも、路線バスを乗り継いで、そういう村を訪ね歩いた。

その頃から私は、ニースとかカンヌとかの大都市より、小さい村の方が好きだった。

村自体の佇まいがとても美しいことにまず驚いたし、その村の美しさに誇りを持って生活している人々の姿にも感動した。

そして、フランス人の、生活そのものを豊かに送ろうとするその姿勢に刺激を受けた。

その旅は、私にとってはある意味大きな転機となるもので、それ以降私は、会社に属して誰かの下で働く、ということをしていない。

ぼんやりとではあったけれど、物語を書く人になろう、という小さな光を胸に灯した旅だった。

たくさんの美術館を見てまわり、出会った人々を写真に収めた。

あの時の私は、人生でもっともとんがっていたかもしれない。

頭のてっぺんにアンテナが立っていて、見るもの触れるもの、なにもかもが心の栄養になった。

その中でも一軒、とても印象に残る宿があった。

Biotという村にある、家族経営のホテルだ。

ホテルというか、民宿というか、とにかくホテルとしての施設が整備されていないので、当時は一つ星ホテルという扱いだった。

でも、そこで出されるプロヴァンス料理がおいしくておいしくて、感激した。

部屋には、たくさんの画家たちの絵が飾られていて、中にはとても有名な人の作品もさらりと置いてあったりする。

もともとはアーティストに部屋を貸し出し、彼らがそこで制作したものを家賃として置いていったのが始まりだとか。

料理が評判を呼び、次第にホテルとして旅人を受け入れるようになったという。

そのホテルがあまりにも好きになったので、数年後、ペンギンを連れて再び南仏を訪れたのだ。

強く印象に残っているのは、大きなシェパードがいたことで、宿のお父さんの後ろを、常にくっついていた。

小柄なお父さんは、いつもジャージをはいていて、店内をテキパキと動き回り、料理を注文すると、その内容を、テーブルに敷いた紙のクロスの上に書く。

野菜をふんだんに使ったプロヴァンス料理は、それまで思っていたフランス料理とは全然違って、とても軽やかな味だった。

朝になると、下の厨房から活気のある音が響いてきて、コーヒーの香りで目を覚ますのが至福だった。

私にとってその宿は、とても特別な場所。

だから、今回急に南仏旅行を思い立った時、あのホテルにもう一度泊まってみようと思いついたのだ。

とはいえ、20年も経っている。

まず、今もまだホテルとして営業しているのか定かではない。

第一私は、ホテルの名前も、その村の名前も忘れてしまっていた。

ほとんど諦めかけていた時、最後の最後に、あ、ここだ！ というのを探してなんとか予約まではこぎつけたのだが、20年前の自分の感覚と今の感覚とは違っているだろうし、もしかしたら昔のいい記憶のまま留めておいた方がいいのだろうか、という迷いもあり、複雑な気持ちを抱えたまま、アンティーブからBiotへ向かったのだった。

ペンギンには、どこに泊まるのか秘密にしてあった。

けれど、村の中心へ行きかけた所で、あ、ここ来たことある、と言い出し、タクシーを降

り る頃には、「シェパードのいるホテルだ！」と気づいたらしい。

さすがに私も数十年ぶりなので記憶が曖昧になっていたものの、宿のある広場に行ったら思い出した。

四角い広場を取り囲むように回廊になっていて、そこに宿のレストランのテーブルが並べられ、赤と白のテーブルクロスがかけられている。

テーブルの上には豪快に花が活けられていて、それがとても美しかったのを覚えている。けれど、テーブルクロスはかけられているものの、花はなかった。

仕方ないよ、今は冬なんだから、と気を取り直してドアを開けるも、開かない。押しても、引いてもびくともしない。

やっているはずのレストランにも、人が誰もいない。

確かに、予約をしたのになぁ。

電話をかけてみたものの、部屋の中で鳴っているのが聞こえるだけで、誰も応答してくれない。

どういうこと！？！

真っ青になって途方に暮れていた時、宿の前に車が止まり、アジア人と思しき男性とフランス人の女性が出てきた。

そして、私たちが立っているドアの方へやって来て、フランス人女性が、「何かお困りですか？」と流暢な日本語で聞いてくれた。

予約をしたのに誰もいなくて困っていると話したら、持っていた鍵で宿のドアを開けてくれたのである。

なんという幸運。

彼女の名は、ケイコさん。

一緒にいた男性は、哲学を専門とする某大学教授のK先生。

ケイコさんは日本に留学したことのあるフランス人のジャーナリストで、勉強会に来ていたK先生のサポートをしていたのだ。

本当にたまたま、その日の宿の予約は日本人二組だけで、たまたま、私たちが宿に着くのとケイコさんたちが宿に着くのが同じタイミングだったということ。

もしどちらかの時間がちょっとでもずれていたら、私たちは訳もわからず、途方に暮れ続けていたことになる。

とにかく、宿に入れただけで、ラッキーだった。

ケイコさんの話によると、先週、宿のオーナーが亡くなったのだそうだ。

そう、ジャージをはいてテキパキと仕事をしていた、あのお父さん。

そしてシェパードもまた、去年、亡くなったのだという。

宿の方は宿の方で、日本人二組だから、てっきり、同じグループかと思って私たちが一緒に行動していると思ったらしい。

ただ、更なる悲劇は、その日の夜、レストランがやっていないということだった。

何が楽しみって、レストランで食事をするためにわざわざやって来たのだ。

今夜はレストランでおいしいプロヴァンス料理を堪能し、思い出に浸りながら宿の部屋で眠る、という確固たるイメージで旅を組んでいた。

それなのにそれなのに、レストランで食事ができないとは。

けれど、ガッカリしている場合ではない。

ここは小さな村で、食事ができる場所も少ない。

ケイコさんが、何軒か心当たりを調べてくれたのだが、どこも営業は夕方までで、近くで夜もやっているところは皆無だった。

簡単にタクシーが来てくれる場所でもないし、夜は雨の予報。

結局ペンギンと、テイクアウトのサラダとピザを買い、村の食材店で赤ワインを調達し、部屋に置いてあった薄いプラスチック製のコップでワインを飲むという、普段でもありえないような殺風景な食事になってしまった。

人生、そんなにうまくいかないものである、ということをしみじみ実感した。

宿の人が誰もいないホテルに取り残される、というのも初めての経験だった。

でも、朝はやって来る。

昨日の静けさとは打って変わって、厨房から賑やかな活気が伝わり、ふわりと漂うコーヒーの香りで目が覚めた。

下に降りていくと、村の近所の人たちが、親しげにクロワッサンを食べたりカフェオレを飲んだりしている。

そしてお昼になるのを待ち、偶然出会ったK先生とケイコさんと、4人でランチを食べた。

相変わらずおいしくて、昨日の寂しさが嘘のように吹き飛んでしまった。

やっぱり、この宿は私にとって、いや私たちにとって、特別な場所なのだということを再確認した。

シェパードとお父さんの冥福を祈りながら、Biotを後にした。

今は、息子さんが跡を継いで、宿を守っている。

またね！　2月28日

朝5時半に起きて、おにぎりを作る。

今日、ペンギンは日本へ発つ。

今がこの冬いちばんの寒さで、今日の最低気温はマイナス12度、最高気温はマイナス5度。

真ん中で南仏に行ったこともあり、あっという間の3週間だった。

ベルリン映画祭にも行こうと思っていたけど、時間がなくて行けずじまい。

ペンギンが次にベルリンに来るのは、3ヶ月後。

私はその間、幼稚園（語学学校）を再開したり、仕事で再度フランスへ行ったり。

極寒ではあるけれど、夜が明けるのは、確実に早くなった。

今朝は、6時でももううっすら明るかった。

家の前の公園の池がついに凍って、子どもたちが遊んでいる。

なんとなく、それをそっと見守る大人たち。

私もたまに窓からのぞいては、大丈夫かなーとチェックしている。

さっきゆりねを連れて散歩に出たら、ものすごく寒くてびっくりした。

さすがに、マイナス10度とかになると、肌が痛い。

笑ったら、そのまま顔が固まってしまいそうで怖かった。

毛皮を着ているゆりねも、あまりの寒さに震えている。

脚が冷たいのかぴょんぴょん跳ねるように歩くので、帰りは一駅だけトラムに乗って帰ってきた。

お花屋さんで、きれいな花束をふたつゲット。

南仏からの帰り、飛行機から見えた空がきれいだった。

ペンギンは今頃、どんな空を見ているのだろう。

スーパージョイフル　3月9日

ちらし寿司とひじきの白和えを作って、仲良しの女子三人でひな祭り。

いつも遅くなるから、今回はお昼の女子会にしようと思って、12時半集合にした。

桃の花は見つからなかったけど、友達がピンクのチューリップを持ってきてくれた。

なんでこんなに楽しいのかわからない。

途中みんなでゆりねの散歩に行き、そういうことは滅多にしないのだけど、なぜかお店でそれぞれアクセサリーを買って、また家に戻って今度は夜の部なのでワインを飲み、残っていたちらし寿司とひじきの白和えを再度食べ、結局、お開きになったのは、夜中の12時過ぎだった。

最後はみんなで、ちらし寿司に納豆をかけ、海苔で巻いて食べていた。

一体、私たちはほぼ12時間も一緒にいて、何をしていたのだろう？

せーの、で寝てたんじゃないかと思うほど、いつも時間があっという間に過ぎている。

本当に不思議。

まるで、子どもの頃の、「あーそーぼー」ってその子の家をいきなり訪ねて遊ぶみたいな感覚だ。

東京だと、ほぼありえない。


この日のテーマは、「ジョイフル」だった。

誰かが「ジョイフルにいこう」と言い、私は、洗剤の名前かと思い、もうひとりは、日本にあるスーパーマーケットの名前だと思って、それぞれ「？」となったら、それは洗剤でもスーパーでもなくて、「ジョイフルに生きよう」の意味だった。

joyfulに罪はないのに、なぜかカタカナにして使われると、本来の意味が薄れて、ちょっとペナペナした感じがする。

でも、本来のjoyfulはとてもすてきな言葉で、実は私たちが生きるうえで、とても大切なこと。

以来、メールの最後に、「今日もジョイフルな1日を！」などと書きあって、私たちの中で、ジョイフルという単語が急浮上した。

ひな祭りをしたのはもう1週間も前なのに、なんだか、ずーっとジョイフルの余韻が続いている。

何かちょっとつまずきそうなことが起こるたびに、「ジョイフル、ジョイフル」と呪文のように唱える。

「ジョイフル、ジョイフル」は、「わっしょい、わっしょい」みたいなものかもしれない。

ところで、今日、歩いていて、いきなり黄色いチューリップを1本差し出された。

一瞬、お金を請求されるのだろうか、と身構えた自分が恥ずかしい。

それは、本当に道行く人に配られているギフトとしてのチューリップだった。

でも、そういう判断も、難しい時代だなぁと実感する。

ちょっと前、ドイツの日本大使館から、スリに気をつけましょう、的なお知らせが届いて、そこには最近のスリの傾向がダダダダダーとたくさん列挙されていた。

ひったくりとか、恐喝とか、明らかに悪いとわかる手口で挑んでくる場合はある意味わかりやすいのだけれど、最近は、ボランティアとか寄付を装った、相手の善意や良心をうまく利用する巧妙な手口もあって、その判断がなかなか難しいのだ。

実は私も数年前に、ベルリンで、最初はバリアフリーのアンケートに協力する、という形でアンケートに答えていたら、最後に、ではそのために寄付してください、みたいなのにやられたことがあり、釈然としない思いをしたことがある。

そのグループは今も、観光客相手に同じことをやっていて、先日も、アジア系のおばさんが怒りまくっていた。

思い返せば、イタリアでも、アフリカ系の人からいきなり手首にミサンガを巻かれて、その後お金を要求されたことがあった。

この間フランスに行った時、ある美術館の入り口で、私とペンギンが並んで作品を見ていたら、フランス人と思しき中年女性が近づいてきて、あなたたちの写真を撮ってあげるから、iPhoneを貸して、と言う。

私たちはそもそも、どこかに行って自分たちの写真を写す、ということはしないのだけど、とても熱心に話しかけてくるので、お願いすることにした。

女性は、何枚も何枚も、角度をかえながら、私たちの写真を撮っている。

「いくら請求されるのかなぁ」とペンギン。

「まさか〜」と言いつつ、私もだんだん不安になる。

結局、女性は本当に善意で私たちの写真を撮ってくれただけだったのだけど。

なんだか、嫌な時代だ。

こういうことに、いちいち疑心暗鬼にならなくちゃいけない。

疑心暗鬼になる自分自身が嫌だけれど、かと言って無防備でいたらいたで、まんまと騙されてしまう。

本当に難しい世の中だ。

ニースの美術館では、小型のスーツケースを持っているだけで、中に入れてもらえなかった。

テロの影響なのだろう。

仕方ないとは思いつつ、やりきれない思いが募った。

窮屈な世の中になることこそ、テロリストの思う壺なのに。

隣の人が信じられなくなるなんて、とても悲しい。

今日は午後、いつものサウナに行って汗を流し、スーパージョイフルな1日を過ごす。

こっちに、春一番というものがあるのかどうかわからないけど、私にとって、今日の午後は、春一番が吹いていた。

依然として冬景色のままだけど、春をすぐ間近に感じる夕暮れ。

季節が、冬から春へ、ひとつ確実に進んだ気がする。
テクテク歩いているだけで、なんだか幸せ〜。
町には、うさぎと卵がお目見えしている。
イースターが近くなり、みんなのウキウキが伝わってくる。

第2回手前味噌

3月16日

ビギナーズラックかもしれないけれど、一回目に仕込んだ味噌があまりにうまくできたので、人にあげたり、お味噌汁にしたり、野菜につけて食べたりしていたら、あっという間に半分なくなってしまった。

これは大変、と思い、先週末、第2回目となる味噌作りを行う。

今回は、ほぼ9割を麦麹にし、1割だけ米麹を混ぜてみた。

生の麹を使っていることもあり、私は大豆に対して、倍の麹を混ぜている。

これはかなり贅沢な作り方だけど、そうすると、甘口のお味噌になるのだ。

とても簡単なので、作り方、書いておきます。

材料は、大豆500g、生の麹1kg、塩200g。

これがおそらく、家庭で作る、ちょうどいい量。

⑴大豆は、丸2日くらいかけて冷蔵庫に入れて水で戻し、柔らかくなるまで茹でる。

⑵塩と麹を混ぜておく。

⑶柔らかくなった大豆を、ブレンダーなどで攪拌《かくはん》する。

⑷⑵と⑶をよーく混ぜて、最後にスプーン一杯の味噌（自分がこうなってほしいと思う味噌）を加え、ハンバーグ状にまるめる。

⑸⑷をジッパー付きの保存袋に入れ、なるべく空気に触れないように潰しながら密閉させる（私は、1リットルの容量の保存袋を使用）。

大豆の煮汁を混ぜて柔らかくする作り方もあるけれど、それだとカビの発生率が高くなるので、大豆だけを使っている。

あとは、上に重石となるもの（私は、ペットボトル数本）をのせ、静かに熟成が進むのを待つのみ。

途中で発酵しているかチェックし、ガスが出て保存袋が膨らんでいたら、ガスを抜いて更に発酵をうながす。

味噌は、こちらでもかなり浸透しつつある。

先日、近所にある大好きなベトナム料理店に行って料理本を開き、味噌のレシピを見ていたら、マダムが興味津々でやって来て、味噌の作り方を教えてほしいと懇願された。

その場でうまく伝えられなかったので、後日、簡単なドイツ語で書いた味噌レシピを持って行ったら、とても喜んでくれた。

世界的にラーメンが流行っていて、そこから味噌という調味料を覚えた人も多いのかもしれない。

少し前は、ミソという名前の犬にも会ったし。

醤油はハードルが高いけど、味噌は気軽にできるので、ぜひチャレンジしてみてください！

お味噌の株が上がります。

今日は、石井光太さんの『遺体 震災、津波の果てに』を読み終えた。

なんとなく読むのを躊躇《ためら》ってしまっていたのだけど、読んでよかった。

7年前の震災で失われた命に、全力で向き合った人々のドキュメンタリーだ。

瓦礫の中から見つかった遺体を、安置所に運んだ人。

安置所で、死亡の確認書を書いた医師。

遺体の口を開け、検歯の記録をとった歯科医。

棺の手配に奔走した葬儀社の人たち。

声を詰まらせながらお経をあげにきたお坊さん。

極限状態で火葬にあたった火葬場の人たち。

身元不明となったまま火葬された遺骨に、花やお菓子を手向ける近所の人々。

そこには、たくさんの愛がある。

自らも被災者であるにもかかわらず、多くの亡骸を家族の元へ返すために、みんなが全身全霊で命を失った人たちのために働いた。

もしも自分があの場に居合わせ、ペンギンやゆりねが海に流されてしまったら、と想像すると、胸が押しつぶされそうになる。

けれど、そんな残酷なことが、本当に、そして多くの人々の身に起こったことを、決して忘れてはいけない。

もう7年なのか、まだ7年なのかわからなくなるけど、まだまだ全然終わっていないことに愕然としてしまう。

せめて残された人々が、少しでも、生きててよかったと思えるようであってほしい。

週末、ベルリンでも追悼イベントが行われるようなので、行ってみようと思っている。

タオ　3月19日

窓の外を、何時間でも眺めていられそうな日曜日。

昨夜の寒気で、再び池の表面に氷が張っている。

半分凍って、半分は凍っていないので、ちょうどタオのマーク、太極図のようになっている。

今日は風が強いので、凍っていない水面に風が吹いて、キラキラ、キラキラ。

本当にきれいで、見とれてしまう。

去年枯れてそのまま枝についている茶色い枯葉も、春の到来を待ちわびるように風になびいている。

マイナス2度の外の寒さが嘘のように、光がさんさんと降り注ぐ。

あー、きれい。本当に、きれい。

もう、春の到来へ準備万端といった感じ。

ここから、一気に木の芽が芽吹く。


今日は、ちらちらと窓の向こうに目をやりながら、本を読んでいた。

読んでいたのは、『アミ　小さな宇宙人』。

近所の友達が、息子のために買ったという本を貸してもらったのだけど、全然、子ども向けの本じゃない。

ものすごいことが書いてある。

今世紀の『星の王子さま』かもしれない。

そのくらい、私には衝撃的だった。少なくとも私にとっての真実が書かれている。

今後のバイブルになりそうだ。


今日は、ゆりねと散歩していて、お皿を拾った。

拾ったというか、「どうぞお持ちください」の箱が出ていて、その中から掘り出し物を拾い上げてきたのだ。

他にもいろいろパスタに良さそうなお皿などがあったのだけど、お散歩中だったこともあり、持てないので結局一枚だけ、選んでいただいた。

このお皿、すごーく好き。

鳥とリスとカバの絵が描いてあって、裏返したら、メイドインブルガリアだった。

こんな時、ペンギンは、「やめて～」という顔をする。

見栄か？　物乞いみたいだから？？

でも、誰かにとっては不要な物でも、使い方によってはまた物が別の持ち主の元で活かされるのは、とてもいいことだ。

ゴミなんて、ない！

というベルリンの人たちの発想は、とてもいい。

私の暮らしも、結構それで助かっている。

引っ越しする人が多いのか（でも日本じゃないから、4月の区切りは関係ないのかな？）、この間はデスクチェアが道端に置かれていた。

一週間くらいそのままだったけど、どうやら誰かが連れて帰ったらしい。

今日はもうなくなっていた。

先日は、同じアパートに住む住民が、ハカリを借りに来た。

確かに、いつも料理する人でなければ、ハカリってそんなに使わない。

でも、たまーに必要になる。

そんな時、すぐに買わずに隣近所の家から借りるのは、結構当たり前だ。

お互い様精神が、いいなぁと思う。

ハカリは、2日後に戻ってきた。


おまけ。

『アミ 小さな宇宙人』（エンリケ・バリオス）より。

思考では、愛を味わうことはできない。感情は思考とは異なったものだ。でも、なかには感情とはなにかとても原始的なもので、それは思考にとってかわられるべきだという考えをもつひともいて、戦争やテロ行為や汚職、自然破壊などを正当化する理論をつくりあげてしまっている。いま、地球はそのとても〝インテリな〟考え、その〝すばらしい〟理論のおかげで、消滅の危機にさらされているんだよ。

夏時間　3月25日

朝起きて、お茶を飲んで、それから本を読んで、時計を見て、あれ？　と思う。

台所の時計が一時間遅れている、と思ったら、寝ている間にサマータイムに切り替わっていたのだった。

ということで、私も時計を一時間、先に進めた。

パソコンとかの時間表示は、全部勝手にやってくれるから、気づかない人はそのまま知らないうちに夏時間で生活しているのかもしれない。

これで、日没の時間も一時間遅くなり、より陽が長くなったように感じるのだ。

それにしても不思議なのが、町の時計。

今日、あ、どうだろう？　と思って見たら、やっぱりちゃんとサマータイムになっていた。

長い針と短い針が動いて時間を示すタイプの時計だから、デジタルじゃないと思うんだけどなぁ。

あれ、手動でやっているのかなぁ。

一度、見てみたい、と思うのだけど、いかんせん、サマータイムに切り替わるのは日曜日の夜明け前と決まっていて、張り込みをするのはなかなか難しい。

イタリアなんて、正確に時間を示している時計を探す方が難しいというのに、ドイツ人って、本当に時間に対して几帳面だ。

国中の時計を年に2回、手動で早めたり戻したりしているとしたら、すごいなぁ。

でも、そうとしか思えないのだけど。

夏時間に切り替わったことも手伝ってか、なんだか今日は、とっても春！

私は、ベルリンで暮らして一年が経った。

深刻なホームシックになることも、冬に気持ちが落ち込むこともなく、無事に過ごせた。

感謝、感謝！　本当にあっという間だった。

そして、春、夏、秋、冬、と初めてすべての季節を味わって、どの季節もいいということがわかった。

ドイツ語は、相変わらず難しいのだけど。

でも、一年前はそれこそ本当に数もかぞえられなくて、何かあったらどうしよう、といつもいつも不安だった。

そこから比べれば、今は、ま、何かあってもなんとかなるだろう、くらいには腹をくれている。その進歩を良しとしよう。

来週から、私はまた一ヶ月、ドイツ語の学校に通って、お勉強だ。

春になって、なんだか道行く人々の表情も穏やかだ。

寒い冬には眉間に皺を寄せていた人も、優しい笑顔を浮かべるようになる。

みんな、心がるんるんしているのが伝わってくる。

この間、ゆりねを連れて散歩していたら、ゆりねのことを、かわいい、かわいい、とめちゃくちゃ褒めてくれる人がいて、どこかで会ったことがあるのだけど、その場では思い出せずにいたら、後から、いつもサウナで会う人だ！　と気づいた。

服を着ているので、わからなかった。

そういう、ちょっとした顔なじみが増えるのも、嬉しいことのひとつだ。

今日はこれからプールに行って泳いでこよう。

私は今、長い冬を乗り越えたことへの達成感を、ひとり静かに味わっている。

春ですよ　4月15日

やっと家のインターネットが繋がった。

先週から突如として繋がらなくなって、悪戦苦闘していたのだった。

日本にいたって同じ状況になったら大変なのに、ましてや外国では……。

ちゃんと繋がるようになった時には、来てくれた修理のおじさんに心の底から感謝した。

自分はそれほどインターネットに依存していないだろう、と思っていたけれど、大間違いだった。

ネットに繋がらなければ、新聞も読めないし、天気予報もわからない。

映画もダウンロードできないし、日本のテレビ番組も見られない。

気軽にペンギンとも話ができない。

でも、一番困ったのは、ドイツ語の辞書。

ネットを経由しないと、調べられない仕組みになっていた。

だから、学校の宿題をするのでも、いちいち分厚い紙の辞書をめくらなくてはいけない。

それに、すごく時間がかかった。

でも、いいこともあった。

たとえば、「声」を意味するドイツ語の「Stimme」が、ほかに「投票」とか「意見」の意味があることがわかったし、ついでにその下に出ていた「stimmen」が、「合っている」という意味の動詞で、いつもお店で「Stimmt so!」と言って、おつりはいりません、と伝えたい時に使っていたその言葉はそれだったのか！　ということがわかった。

確かにネットを使った方が早く目的地までたどり着けるけれど、本当にピンポイントの意味しかわからない。

一方、紙の辞書は、時間はかかるけれど寄り道の間に思わぬ発見がある。

紙の辞書を持ち歩くのは大変だけれど、家で勉強する時は、なるべく紙の辞書を使った方が、結果的には得るものが多いかもしれない。

それにしても、ドイツ語というのは厄介だよなぁ。

一説によると、世界にある言語の中で、もっとも厳密な言葉なのだとか。

わかる気がする。

いちいちいちいち、すべてをきれいに揃えないと正しい文章にならない。

正しい文章はひとつだけで、一箇所でも間違っていると、それはもう正解にならない。

ほんと、数学みたいだ。

情とか、行間を読むとか、察するとか、そういう白でもなく黒でもないグレーゾーンが存在しない。

日本語と真逆。

ドイツ語を少しでもかじったら、ドイツ人がどうしてこういう気質なのか、以前よりずっと理解できるようになった。

頭で文法を理解できたとしても、それを会話で応用しようとなると、更にハードルが高くなる。

自慢じゃないが、私にはそれが全くできない。

まず、すべての名詞に、「男性」「女性」「中性」「複数形」という冠(?)みたいなのがついて、その性がわからないと、正しく話せないのだ。

たとえば、「スプーン」は男性、「ナイフ」は中性、「フォーク」は女性。

そこに理由はなく、こういうのを、ひたすら覚えるしかないというわけ。

前回のクラスまでは幼稚園の感じだったけど、今回は小学校に上がった感じ。

ちなみにこの、「感じ」とか、日本人がよく使う「なんか〜」という表現も、ドイツ人には理解しがたいんだろうなぁ。

初日が終わった日には、そのまま日本に帰っちゃおうかと思ったくらい自信を失くした。

授業は相変わらず、午後1時15分から5時45分までの長丁場で、学校が終わるとゾンビみたいになってしまう。

だけど、私がゾンビになっている間に、春が来た。

ある日を境に、前の公園の土が緑色になって、それを合図に木々が日に日に芽吹いてくる。

鳥のさえずりが方々から聴こえてきて、外に人があふれだす。

私も、今年初のアイスを食べた。

いつからアイスを食べるかは、ベルリンにいるととても大事。

その日、アイス屋さんには長い行列ができていた。

春になったし、日曜日の今日は、久しぶりにゆりねを連れて森歩きをしてこよう。

言い訳　4月20日

昨日で、授業が終了。

学校に行っている間は他のことをする余裕がないので、今日はせっせとお洗濯&片付け。

冬の間お世話になった毛糸のセーターなどを洗い、夏物の服を引っ張り出す。

今日は最高気温が25度くらいまで上がり、道行く人たちは夏の装いだ。

一気に新緑が芽吹いている。

今回で、ドイツ語のコースを受講するのは4回目になる。

一年間で、4ヶ月ほど通った計算だ。

一回ごとに先生が変わり、4人の先生に教わったのだが、どうやら先生との相性も、授業が楽しくなるかならないかの重要な要素であることがわかってきた。

それで言うと、今回の先生とは、あまり相性が良くなかったかもしれない。

同じ内容を話すのでも、その人のちょっとした言葉の選び方の違いで、A先生の話していることは理解できるのに、B先生の話している内容は理解できなかったりする。

どの先生に当たるかはクジ運みたいなものだから、自分ではなかなかどうすることもできない。

昨日は最終日だったわけだけれど、生徒が書いた何人か分のテキストが、戻ってこなかった。

宿題で書いた自分の国の伝統料理のレシピで、それを最後にみんなの分をまとめて配るはずだったのだが、テキストがどこかに紛れて行方不明になってしまったという。

私のテキストも、戻ってこなかった。

今回の先生は、ちょっとパンクなところがあった。

前にも書いたかもしれないけれど、たとえば誰かが授業に遅れてきたとすると、必ず、その理由を説明しなくてはいけない。

電車が遅れた、とか、目覚まし時計が壊れた、とか、猫が病気になった、とか、遅れてきたことの訳を言わされるのだ。

そして、その理由で相手を納得させられれば、良し、ということになる。

日本だと、「つべこべ言い訳をするな！」と言われそうなのに、ドイツでは逆。

とにかく、どんな理由であれ、相手を納得させられればいいのだ。

というわけで、昨日の先生も、つらつらと言い訳をしていた。

テキストがたくさんあって見当たらなくなった、とか、仕事量が多くて今日までに見つけられなかった、とか。

私は、味噌のレシピをドイツ語で書いてみたのだけど、どこへ消えてしまったのやら。

言い訳に対する考え方は、日本とドイツでは真逆のような気がする。


今回の教室には、アジアから来ている生徒が多かった。

台湾、中国、韓国。

全員まだ20代前半の学生さんだけど、みんな口々に、日本が大好きだと言う。

日本という国を、とても好意的にとらえてくれているのが印象的だった。

そういえば、少し前に『永い言い訳』と『海よりもまだ深く』を立て続けに見た。

どちらも、ざっくり言ってしまうと、いかに男の人がどうしようもないかを描いた内容だった。

もちろん、男性と女性でそう簡単に区切れるわけではないけれど、最近の日本の政治に関するニュースを見ていると、愕然としてしまう。

隠したり、ごまかしたり、権力にしがみついたり、強い者にひれ伏したり、必要のないプライドを持ってみたり、往生際が悪かったり、競わなくていいところで競ってみたり。

もっと正々堂々と、自らの正義や愛を基本にして行動してほしい、と思っているのは、私だけなのかしら？

春はちょっと　4月25日

なにも、ここまで太くしなくてもいいんじゃないのー、と言いたくなるくらい立派な白アスパラガスを買った。

太さ別にいくつか分かれていたのだけど、白アスパラガスをください、とお願いしたら、八百屋のおじさんが有無を言わさず一番太いのが入っている箱の中から選んで袋に入れてくれたのだ。

今シーズン初の白アスパラガス。

外側の皮をピーラーで剝いたら、茹でて塩胡椒し、オリーブオイルをさっとかけたのに、私は薄切りのハムを載せて食べる。

これが私の、ご馳走だ。

ほろ苦くて、ほんのり甘くて、白いのも緑のも細いのも太いのも、アスパラガスはなんでも好き。

ところで、この間友人が、白いアスパラガスと緑のアスパラガスでは、そもそも種類が違うらしいと言っていたのだけれど、本当だろうか。

私はてっきり、白いアスパラガスが土の表面に出て太陽を浴びることで、緑になるのとばかり思っていた。

それは、ウドかな？

と思って今調べたら、やっぱり白も緑も同じ種類で、生育方法の違いによって色が変わるらしい。

この時期、元気のいいアスパラガスを見ると、ついつい買ってしまう。

6月からまたペンギンが合流するけど、それまで白アスパラガスはまだあるかなぁ。

あったら、天ぷらをしたいけど。

アスパラガスって、繊維もたっぷりだし、あの苦味でもって冬の間にたまった体の毒をきれいにお掃除してくれそうな気がする。

春は、私にとってちょっと切ない季節だ。

どうしてなのかわからないけど、なんだか悲しいような、人恋しいような気持ちになる。

冬は頑張れるのだけど、春になると気が緩む。

毎年、この季節は花粉症で苦しんでいたからかしら？

春になって嬉しい反面、なんとなく、自分だけが取り残されているような、心もとない気分が拭えない。

今年はペンギンが、花粉症で思いっきり苦しんでいる。

この間も、ゆりねと散歩していて、ふらりと餡パンを買ってしまった。

この一年、一度も食べたいなんて思わなかったのに、店の近くを通ったら、どうしても買わずにはいられなくなった。

そこは、日本の人がやっているパン屋さんで、こちらのパン屋さんではまずないような、日本的なクリームパンや食パンが買える店だ。

ふわふわのパン生地は、日本のお家芸。

でもまさか、自分がそういうふわふわのパンを欲するなんて、意外だった。

しかも、家まで待ちきれずに、歩きながら餡パンにかじりついていた。

しみじみ、おいしかった。


一昨日は、短い時間だったけど、前の公園でお花見をした。

八重桜かなぁ。

ふーわふわと花びらが風に舞う中、ビールを飲む。

一気に目の前の景色が変わって、その勢いに自分の心が追いつけないでいるのかもしれない。

グリーンピースの秘密

5月4日

最近、ゆりねが全然言うことを聞かない。

母子家庭状態がすっかり板についていて、私と一対一の関係が定着し、対等な立場になっているのかも。

散歩に行こうとしてハーネスを持ってくると、必ず逃げる。

面白がって遊んでいるのだろうけど、それが毎回なのだ。

ぐるるるる、ぐるるるる、と唸って、おちょくるように走り回り、ごねてごねてごねまくる。

結局、つかまえられないからおやつを出すと、最初からそうすればいいんだよ、みたいな顔をしてちゃっかりおやつをもらい、その後は急に態度を変えて言うことを聞く。

どこかの国の将軍様みたいだな。

散歩から帰っても、脚を拭こうとするとまた逃げる。

さんざん逃げて、暴れまくって、そしてことっと寝てしまう。

それがいつものパターンだ。

この間、ちょっと先のカフェまでゆりねを連れてコーヒーを飲みに行ったら、近くでトルコマーケットが開かれていた。

近所に住んでいた時はよく行っていたけど、地下鉄に乗ってわざわざ行くことはなくなったので、久しぶりにのぞいてみる。

いつも思うけれど、トルコ人って平気で無茶なことをする。

この日も、山盛り、トマトを積み上げていた。

明らかに積み上げすぎで、どんどん下に落ちているのだけど、その落ちているのを片っ端から拾っては、また山にのせている。

そして、また落ちるの繰り返し。

こういうこと、ドイツ人はやらないなぁ。

トマトは買わなかったけれど、グリーンピースを買った。

1袋だと1ユーロが、3袋で2ユーロだというので、反射的に3袋買ってしまう。

さぁ、どうしよう。

グリーンピースは好きだけれど、3袋分はかなりの量。

その日は1袋分をベーコンとソテーにして食べたけど、やっぱりめちゃくちゃ多かった。

おなかの中が、豆だらけになってしまう。

でも私、さやから豆を取り出す作業が好きで、ついつい夢中で豆を取り出してしまうのだ。

グリーンピースをおいしいと思うようになったのは、大人になってからだ。

なんでだろう、と思って考えたら、私が子どもの頃食べていたのは、冷凍のグリーンピースだったんじゃないかしら、ということに気づいた。

よくある冷凍のグリーンピースは、好きになれない。

あの、べしょっとした食感が、どうにもこうにもいただけないのだ。

でも、観光地なんかにあるいわゆるドイツ料理のレストランに行くと、この手のグリーンピースが付け合わせとして山盛り出てくる。

子どもがグリーンピースを嫌いになるのは、きっと冷凍のを食べるからかもしれない。

最近になって、ようやくペンギンもグリーンピースご飯が好きになったという。

新鮮なグリーンピースを使ったソテーはおいしかったのだけど、さすがにもうこれ以上はいい、というくらい食べてしまったので、残りは豆ご飯と、茹でて、冷凍にしてみることにした。

そして、わかったことがひとつ。

いつも、自分でグリーンピースを茹でて料理すると、しわしわになっていた。

でも今回、グリーンピースを茹でてから冷凍にする方法を調べていたら、わかったのだ。

グリーンピースを茹でて、すぐにあげてしまうとやがてシワシワになるのだが、ちょうどよい硬さになったら火を止めて、そのまま冷ますとプリプリのままだという。

知らなかった。

でも、実際に火を止めてからそのまま置いておいたら、確かにプリップリだった。

私が求めていたのは、まさにこのグリーンピースだ。

今回、豆ご飯を作るのに、ご飯が炊きあがってから、この、別に茹でて冷ましておいたグリーンピースを混ぜるという方法でやってみた。

それが、大成功。

自分史上、もっとも完成度の高い豆ご飯になった。

冷凍した方も、ささっとチャーハンに入れたり、お味噌汁の具にしたりと、あればなにかと重宝する。

旬だからこそ、できる。

日本は今、山菜の季節かなぁ。

蕗《ふき》のきんぴらとか、筍の木の芽和えとか、タラの芽の天ぷらとか、文字にしただけでよだれが出そうだ。

ラジオを聞きながら

5月12日

ラジオを買ってみた。

というのも、ドイツ語に慣れるのに、ラジオがいいと聞いたからだ。

確かに、テレビのアナウンサーよりもゆっくり喋ってくれるし、発音もはっきりとしているので、模範的なドイツ語を聞くにはもってこいかもしれない。

もちろん、聞いているからといって、その話している内容を理解できるわけではないけれど、注意して聞いていると所々に知っている単語が出てきて、勉強になる。

それに、天気や交通情報など、何度も繰り返してくれるし、間あいだに音楽がかかるので、気休めにもなる。

ただ、なぜかわからないけれど、今のところひとつのチャンネルしか聞けなくて、いつも、ラジオアインツ(1)ばかり聞いている。

このラジオ、パッと見はかわいいのだけれど、いかんせん、安普請《やすぶしん》ではある。

表面に、経木《きょうぎ》みたいなのが貼り付けてあって、私はこのラジオを目にするたび、東京の家の近くにあるお寿司屋さんの太巻き寿司を思い出してしまう。

私の、大好物の太巻き寿司。

さすがに、ペンギンに頼んで持ってきてもらっても、ダメだろうなぁ。


ところで、私の人生に、数年に一度訪れるブームがあって、それが今まさに到来中だ。

それは、水泳。

ブームが去るとピタリと行かなくなってしまうのだけど、来ている時は、泳ぎたくて泳ぎたくて、体が、というか脳が疼く。

今私が通っているのは、近所のホテルの中に入っているプールだ。

とても古い歴史があり、かつては共同浴場だったとか。

テラスの装飾などとても趣きがあって、窓から差し込む光がものすごく気持ちいい。

何よりも、いつ行っても大体空いていて、平均すると5人くらいしか泳いでいない。

穴場を見つけた気分だ。

小学校の時、数年間、スイミングスクールに通っていた。

背泳ぎとかクロールとか、種目別に級になっていて、上達するとテストを受け、合格となれば次の泳ぎに進むことができる。

その過程で、私は平泳ぎのテストを、なかなか受けるまでに至らなかった。

だから、毎週、毎週、ひたすら平泳ぎだった。

後から来た子たちが、どんどん上達して、テストを受け、次の泳ぎに進む中、私はというと、確か1年以上、平泳ぎの級にとどまっていた。

そういう子は、私だけだった。

でも、今となっては、そのことにとても感謝している。

というのも、私は平泳ぎだったらいくら泳いでも疲れなくなったのだ。

そう、私は平泳ぎが大好きになり、プールに行くと、いつもひたすら平泳ぎばかり。

逆に、すんなりパスしたはずの背泳ぎやクロールは、全く泳ぐ気になれない。

だから、話は飛躍してしまうけど、ドイツ語も、目指せ平泳ぎ！　で気長に付き合うことにした。

どんなに時間がかかってもいいから、体に馴染むようになったら儲けもの。

横を見て誰かと較べる必要はないから、とにかく前を見て、一歩ずつ着実に進んでいこう、と自分を励ましている。
辛くなったら、平泳ぎを思い出そう。
というわけで、料理をしながら、お風呂に入りながら、せっせとラジオを聞いている。
今日は、いつもあまり行かないエリアを歩いていて、いいお店を見つけた。
なんと、犬のデリ。
わんこ専用のお肉屋さんなのだった。
ゆりね、大喜び中。

パリへ

5月14日

苺の季節になった。

この時期だけ、町の至るところに苺の屋台がお目見えする。目に入ると、つい買いたくなってしまって困るのだけど。

これからしばらくは、苺三昧だ。

この苺屋台で売られている苺は、甘くて、本当においしい。甘いと言っても、日本の苺ほどは甘くない。けど、私は、これが苺本来の甘さなんじゃないかなぁ、と思っている。

大きさもバラバラで、ホッとする。

そのまま食べてもおいしいけど、昨日は、ココナツミルクで作ったヨーグルト（みたいなの）に混ぜて、はちみつをちょこっと垂らして食べてみた。

大正解だ。

この、ココナツミルクで作ったヨーグルト（みたいなの）が、すごく好き。

そういえば、実家に、苺スプーンがたくさんあった。

苺をつぶすのに、重宝する。

私は、断然つぶす派だ。

つぶしたのに、小豆とアイスクリームを混ぜて食べるのも好き。


今日から一週間、私はフランスへ。

まずはパリに行ってインタビューなど受けてから、後半はオセールという小さな町へ。

そこで開かれる文学祭に招待されたのだ。

オセールは初めてだし、いまだにどの辺りに位置するのか、きちんと把握できずにいる。

でも、数日前、パリのことを調べていたら、なんだかどんどん憂鬱になってしまった。

だって、ものすごーい大都会だ。

モヤモヤする感じが消えなくて、この正体は何なんだろう、と探ったら、「気後れ」という感情だった。

情報がたくさんあって、ステキなものがたくさんあって、若い頃はそれこそパリに行くなんて、嬉しくて嬉しくて仕方がなかったのだけど、なんだか今は、ものすごく気後れしてしまう。

大丈夫かな、私。

ま、行ってしまえば、それはそれで楽しめることはわかっているけど。

幸せって何なんだろう？　的なことを、ぼんやりと考えてしまう今日この頃。

そうそう、私はフランスのホテルの香水の匂いが、本当に苦手。

ドイツのホテルで香水の匂いが振りまかれていた経験はないから、隣国同士とはいえ、やっぱり価値観が全然違うんだなぁ。

どうか、私の部屋の香水がきつくありませんように。

だけど、こうやって、嫌だ、嫌だ、と考えると、量子力学的には逆にそのことを引き寄せてしまうらしいので、悪いことはなるべく考えないようにしよう。

今回は、日本からおふたり、担当の編集者さんが来てくださる。

お会いできるのが、とても嬉しい。

サイン会　5月18日

もう何回目になるのかわからないパリだけれど、毎回来るたびに、ため息が出る。

よくぞここまで、人の力だけで美しい街を作ったものだと感心する。

あっちにもこっちにも、まるでデコレーションケーキのような装飾がちりばめられていて、目のやり場に困ってしまう。

ドイツが引き算の文化なら、フランスは足し算の文化だ。

いろいろな物がいちいち色っぽい。

ただ、空港から街の中心部に来るタクシーの中から、いつになくホームレスの人の姿が目についたのは確かだ。

貧富の差が激しいという現実を如実に感じる。

滞在した左岸のホテルのそばにも、多くのホームレスの人を見かけた。

美しい装飾がほどこされた回廊と、その一角に横たわるホームレスの人の姿の対比が、とても切ない。

もちろん観光客は大いにはしゃいでいるけれど、パリっ子たちは、なんだかとても疲れている。

私の気のせいかもしれないけれど。

これだけテロで狙われたら、健全な心も疲弊してしまうだろうな、と思った。

それでも、雰囲気のいいカフェのテラス席で新聞を読む赤いズボンをはくおじさんや、ピンクのマフラーをさりげなく首に巻くおばあさんの姿に、パリっ子の気概のようなものを感じる。

がんばれ、パリ！　とエールを送りたくなった。

パリでは、インタビューをいくつか受けて、本屋さんでサイン会を行った。

パリの、そんなに中心部とはいえない、小さな町の本屋さんなのだけど、商店街にあって、地元の人がふらりと立ち寄るような、そんな本屋さんが私はとても好きだった。

決して広くはない店の一角に、机と椅子が用意されていて、私はそこに座ってお客さんを待つ。

机には、店の包装紙が貼られていて、なんとも手作りなのがまた良かった。

店がある商店街は基本的に歩行者天国で、店の入り口から、お向かいにある八百屋さんに並ぶ野菜が見える。

そこで、ぼんやりと2時間、読者の方を待っていた。

のどかな時間だった。

フランス語に訳されている作品は、『食堂かたつむり』と『リボン』と『虹色ガーデン』があって、この夏に、4作目の『ツバキ文具店』が発売になる。

来てくださった読者の方が、自分の鞄から、年季の入った私の本を取り出して、その本に、私は日本語でサインをする。

異国の地でも自分の作品が読まれている、なんて普段なかなか想像がつかないけれど、こうして、実際に外国の読者の方にお会いすると、改めて不思議な気持ちになる。

ちゃんと届いていることを、肌で感じる。

なんて幸せなことなんだろう。

その後は、本屋さんの近くのカフェに移動して、『ル・モンド』紙のインタビューだった。

もう夕方の7時を過ぎていたので、ワインを飲んでもいいですよ、とのこと。

私も、そして相手のジャーナリストも、ワインを飲みながら話す。

こういうことは、日本だったらありえないので、とても楽しい。

せっかくこの世に生を受けたのだから、人生を思いっきり楽しまなくちゃ！　というフランスのエスプリを、日本人も少し見習うといいのかも。

そして今日は、パリからオセールへ移動した。

フランス語で書くと、AUXERREで、どうりで、ローマ字で「オセール」と調べても、なかなか情報が出てこなかったわけだ。

パリから、電車で2時間くらいの小さな町。

町の中心をヨンズ川が流れていて、町のシンボルは大聖堂。

地域としては、ブルゴーニュ地方にある。

駅に降り立った瞬間から、この町がとても好きになった。

今、夜の8時で、外はまだ明るい。

木漏れ日がとてもきれいで、開け放った窓からは、小鳥のさえずりと大聖堂の鐘の音が聞こえてくる。

さっきふと、今日は日曜日だっけ？　と思ったほど、時間がとてものんびり流れている。

なんて穏やかできれいな町なんだろう。

今日はこれから、みんなでディナーの予定。

明日はゆっくりと町を歩いてみよう。

オセールの文学祭　5月20日

朝、教会の鐘の音で目がさめた。
いつも思うけれど、あれは誰がついているのだろう。
いつも同じ人なのかな？
その日の体調や気分によって、音が違ったりもするのかな？
ヨーロッパの田舎に来て教会の鐘の音を聴くと、なんだか得した気分になる。
時間が、ぴったりじゃないのも、人間っぽくて好きだ。
オセールには、サンテチエンヌ大聖堂というとても古い大聖堂がある。
私が訪れた時も、ステンドグラスから差し込む光が、とてもきれいだった。
私がパリからオセールに入ってから、一度も雨が降らず、連日ピッカピカの青空だ。
フランスの他の地域では、お天気が悪いらしいのだけど。

オセール文学祭の会場は、かつて修道院として使われていた建物で、とても趣がある。地下の礼拝堂には、5世紀に描かれた壁画が残されていて、これはフランスでもっとも古い壁画。

金曜日の夕方に開会式があって、土曜、日曜と文学祭が開かれる。

文学祭を主催しているのは、オセールの旧市街の中心にある本屋さんで、今年で5回目だそうだ。

毎年、海外文学の作品の中から、店主が自分の好きな作家を招待しているそうで、今年は、カナダ、メキシコ、チュニジア、韓国、日本からの作家が参加している。

日本人の作家としては、私が初らしい。

地元のボランティアの方が駅まで迎えにきてくれたりと、町をあげて文学祭を支えている。本を届けよう、物語の輪を広げようという純粋な気持ちがいたるところに浸透していて、少しも嫌らしい感じがないというか、とにかく心からリラックスできる文学祭だ。

呼ばれた作家も、お客さんも、そしてスタッフの人たちもみんなが楽しめる。

それにしても、オセールに来てから、ずっと食べている。

今日のお昼は、みんなで青空の下、フランス版のお弁当だった。

もちろん、ほとんど全員がワインを飲んでいる。

フランス版のお弁当なので、もちろんチーズがついている。

昨夜のディナーは夜9時からで、終わったのは12時過ぎだった。

オセールの名物はエスカルゴ。

実は私、まだ食べたことがなく、一昨日のディナーで初挑戦した。

なんとおいしいこと！

そっか、エスカルゴは貝なんだな、と納得した。

四十数年、食わず嫌いできたことを後悔する。

食事の間に対談をしたり、サイン会をしたり、ラジオに出たり。

何よりも、フランスの読者の方にお目にかかって、直接お話しできるのが、最高の幸せだ。

メルシー！！！

フランスの夢　5月23日

夢の中では、まだフランスの旅が続いていて、耳元でフランス語と、翻訳者で今回も同行してくださったダルトアさんの声が聞こえていた。

目覚めた時、どうしてここに自分しかいないのか、不思議になる。

本当に、いい旅だった。

ずっと、とてつもなく美しい景色を見ていたような気がする。

実は、行く前まで、とても気が重くて、もやもやしていた。

次の作品を、自分は果たして書くことができるのだろうか、とか、今の自分がしていることは無駄なことなんじゃないだろうか、とか、そんな不安要素ばかりが胸をよぎって、なかなか明るい気持ちになれなかった。

自分の心の風景とフランスが、あまりにも遠かった。

でも、行ってみたら窓が開いて、心に風が吹き抜けた。

特に、オセールに着いてからは、心の窓が全開になった。

本当に、風通しのいい町だった。


オセールでは、いくつもの出会いがあった。

とりわけ嬉しかったのは、食事をしたレストランのご主人が、本を読んで感動してくれたことだ。

ふだん自分は滅多に本を読まないのだけど、あの本だけはすんなり読めて、本当によかった、と興奮ぎみに話してくれた。

車での送り迎えをしてくれたボランティアの男性は、以前、ドイツ語の先生をしていたそうで、『リボン』の表紙の裏に、ドイツ語でメッセージを書いて見せてくれた。


朝方見た夢は、とても示唆的な内容だった。

私なりに解釈して簡単にまとめると、あなたの新しい人生はすでに始まっているのだから、しっかりと前を向いて進みなさい、というもの。

確かに、自分にとっての節目になるような、とても有意義な時間だった。

ベルリンの風景に慣れて、ちょっと当たり前になっていた感じがするけれど、一週間、ベルリンを離れて戻ってくると、あぁ、やっぱりいい町だなぁ、と実感した。

町全体が、緑の葉っぱで包み込まれている。

公園では、たくさんの人がピクニックを楽しんでいて、ベルリンにはベルリンの、飾らない良さがあるなぁと思った。

やっぱりここは奇跡の町。

あと一週間ほどで、ペンギンが日本からやって来る。

何か欲しいものを教えて、と言われているけど、日本の食材はまだかなり残っているし、あんまりすぐに思いつかない。

強いて言えば、柿の種？　それと、かりんとう？？

あとは、味付けした、柔らかい細切りの昆布（あれには、ちゃんとした名前があるのかしら？）。

チャーハンに入れたりすると、重宝するのだ。

そういえば、オセールで泊まっていたホテルの近くで、週末、青空市が開かれていて、そこで売られていたアスパラガスが、すごくきれいだった。

白と緑の中間のような色で、見ているだけで惚れ惚れする。

今回は、パリでもオセールでも、メニューにアスパラガスの文字を見つけると、有無を言わさずそれを頼んで、アスパラガスを堪能した。

ペンギンが来るまで、まだアスパラガスが食べられるといいな。

障害物競走のごとく　5月30日

意味深な夢、第2弾。

私は、車に乗っている。

他に2名、フランスの文学祭に同行してくださった編集者さんも同乗している。

私は、あとひと月の命。

車の窓から、母がひょっこり顔を出す。

そして、「お嬢さんたち、アイラブユー！」と軽やかに言い、ビニール袋に入れたたい焼きをポンッと車の中に投げ入れた。

たった、それだけ。

でもその夢を見た後、私は布団の中で涙が止まらなくなった。

実際の母は、全然、そんなことを言うような人ではなかった。

でも、本当はそんなふうに軽やかに生きたかったんだな、と思ったのだ。

母の、奥の奥の奥の奥の方には、そういう母がいたのかもしれない。

私はそれに、気づくことができなかった。

そして、もう二度と母と会えないんだなぁ、と思うと、泣けてきた。

母からの、最後のメッセージのような気がした。

そういえば、母がよく、お土産にたい焼きを買ってきてくれたことを思い出した。


それでもって、その朝目が覚めたら、首がカチコチに固まっていた。

寝違えたのだ。

たまーにやってしまうのだけど、ここ数年はなくてホッとしていた。

私は、何か疲れがたまったりすると、すぐに首にきてしまう。

あれよあれよという間に、首から背中、腰、おなかにまで痛みが広がり、やがて頭痛もするようになり、歩くのもしんどくなった。

こんな時、ひとりだと本当につらい。

週末はほぼ寝たきり。

食欲もなく、適当に保存食のお餅や、ゆりねのおやつ用に買い置きしていた栗など食べてなんとかしのぐ。

痛くて痛くて、日曜日はゆりねのお散歩もキャンセルした。


実は、フランスから戻ってすぐ、ひとつ、大変なことが発覚した。

借りているアパートには地下室（ケラー）があって（だいたいどのアパートにも地下室があるのだけど）、それぞれ鍵をかけて自分たちの荷物を入れて使っている。

ただ、私はちょっと地下室の様子が独房みたいで怖いのと、別に入れる物がないので、空っぽのまま使わないでいた。

何も置いていないので、地下室自体、長らく行っていなかった。

ところが、それをいいことに、何者かが私の地下室の南京錠を切断して、新しい南京錠を取り付け、勝手に自分の荷物を入れて使っていたのだ。

誰が、いつから使っているのかもわからず、これからの進展によっては警察を呼ぶことになる事件なので、それがものすごくストレスになっていた。

なによりも、そんなことをする人が身近にいる、ということに驚き、そしてショックを受けた。

管理会社に手紙を書いたりしないといけないし、ストレスがたまっていたのだった。

首の痛みとケラー問題のほかにも、やることとやること裏目に出たり、ついていなかったり、ほんと、泣きたい気分だった。

昨日やっと中医学の先生のところに行き、鍼灸などしてもらい、少し回復し、なんだかやけっぱちになって、夜、白ワインを開けることにした。

冷蔵庫に入れてあった一本を取り出し、コルクを開けながら、でもなんでコルクのワインがうちにあるんだろう？　と不思議になる。

私は、飲みたい時にすぐ飲めるように、コルクのワインは滅多に買わないのだ。

しかも、いつも買ってくるドイツのワインと、なんだかラベルの感じが違うなぁ、と思って、コルクを抜いた瞬間、思い出した。

あー、私ったら、何やってんだか。

この白ワインは、オセール文学祭の主催者から、参加の記念にといただいた、記念のシャブリだったのだ。

ペンギンが来たら、おいしいご馳走を作って、その時に飲もうと計画していたのに。

オセールはブルゴーニュ地方の中心地で、シャブリで有名なところ。

せっかくの大切な一本を、こんなタイミングで開けてしまうとは。

我ながら、情けなくなる。

もちろん、おいしかったのだけど。

更に、だったら写真くらい残しておこう、と思って白ワインの瓶を持ち上げた瞬間、今度はワイングラスの縁《ふち》にぶつけてしまい、お気に入りのワイングラスを割ってしまった。

さすがにもう使えない。

そういうことが、いっぱいいっぱいあって、この一週間は、まるで障害物競走をしているようだった。

でも、それだけ大変なことがたくさん続いても、不思議と、気持ちがめげていないのが自分でも不思議。

今日は、首が痛くて仕事ができないし、気温が上がりそうなので、朝のうちにゆりねの散歩に行き、そのまま公園でグラウンディングをした。

裸足になって地面に触れると、痛みが和らぐと聞いたので。

確かに、気持ちよかった。

そして、何かが好転した。

多分、もう大丈夫。

思いっきり土を掘り返したゆりねは、泥棒みたいな顔になっちゃったけど。

練り梅もどき　6月12日

ペンギンが合流し、ふたりプラス一匹の生活に戻った。

夜、ぐっすり眠れるようになったのは、やっぱり隣に人がいる安心感かもしれない。

ゆりねしかいない時は、明らかに眠りが浅くなっていた。

ホワイトアスパラガスも、まだ売られている。

なので、ペンギンが着いて早々、王道の食べ方で満喫。

ドイツでおいしいものが何もなかった、という声を聞くたびにがっくりと肩を落としてしまうけれど、ぜひ、ハム屋さんに行って、薄く切ってもらったハムを食べてほしい。

熱々のホワイトアスパラガスにうす〜く切ってもらったハムをのせて食べるのが、この時期最高のご馳走だ。

リースリングの白ワインも、ミネラルが豊富で、おいしかった。

それにしても、ひとりの食卓だと淋しいけれど、ふたりの食卓は賑やかになっていい。

そういえば、パリの本屋さんでサイン会をしていた時、お店の方とホワイトアスパラガスの話になって、フランスでは皮はどういうふうに使うんですか？　と聞いたら、皆さんきょとんとし、「皮は捨てるものでしょ」と当然のように返ってきた。

それを聞いて、びっくりした私。

だって、私の周りでは、ホワイトアスパラガスの皮は再利用するもの、というのが半ば常識化している。

ここからもおいしい出汁《だし》が取れるのに、捨てるなんてありえない、もったいない！

これが、フランス人とドイツ人の違いなのか、パリジェンヌとベルリナーに限ったことなのか定かではないけれど、とにかく、両者の考え方や価値観の違いをまざまざと感じた出来事だった。

もちろん私も、捨てるなんてありえない！　派なので、今回も、皮をコトコト煮てお出汁を取り、それを更にビーツのスープに使ってみた。

この季節、八百屋さんによく並んでいる、蕪みたいな形の野菜。

日本ではあまり料理に使わないけれど、ヨーロッパの人たちは、よく食べる。

ラトビアでは冷たいスープにするのが定番で、私も冷製スープを作ってみた。

ほんのり甘くて、色がきれい。

ラトビアで出されたのは、もっともっとピンクピンクしていたけど、私のはどちらかというと赤に近いピンクになる。

これに、サワークリームを落としてみた。

酸味が加わり、暑い日には最高のスープだ。


酸味といえば、先日、すごいことを発見した。

どうにかしてこっちで梅干しが作れないかなぁ、と思っていたのだけど、なんと、ルバーブと塩で練り梅もどきができるというのだ。

ほんとかなぁ、と半信半疑でルバーブを一本だけ買ってきて試しに作ってみたら、全く、練り梅と変わらないものができた。

その証拠に、ペンギンも、完全に梅干しだと思って食べたほど。

色といい酸っぱさといい、梅と変わらない。

ここまで味が似ているということは、きっと、栄養なんかも似ているんじゃないかと、勝手に想像しているのだが。

これで、じゃんじゃん練り梅（もどき）が使えるぞ。

近々、たくさん作って冷凍保存しておこう。

ちなみに作り方は簡単で、皮を剝いて筋をとったルバーブをこまかく切って水で洗い、そこに塩を振ってしばらく置き、塩が溶けて水分が出てきたら火にかけてコトコト煮るだけ。ルバーブに火が通ると柔らかくなるので、形を崩しながら水気を飛ばすと、まさに見た目も味も練り梅になる。

最後に少しだけ、はちみつを加えてもいいかもしれない。


今日はペンギンが台所に立ち、ドライカレーを作ってくれた。

ひとり暮らしの時間が長くなり、自分で料理をすることも多くなって、ペンギンはここ最近、料理のレパートリーがぐーんと増えた。

いいことよのぅ。

ケラー問題も解決したし、首も治って、あの苦難続きはなんだったのだろう。

ゆるゆると流れる何気ない時間が、今は愛おしくてたまらない。

ホームステイ　6月18日

昨日から、11歳の男の子がわが家にホームステイしている。

友人の息子で、以前から一緒にご飯を食べたり、どこかへ行ったりしたことはあるけれど、お泊まりするのは初めてだ。

しかも、お母さんが事情によりベルリンを離れている間、何箇所かの家を転々としている。もう後半になっているので、寂しくなったりしないかと、心配だった。

昨日は、野球の試合を終えてから、わが家にチェックイン。

おりしも、サッカーのW杯の時期と重なり、しかも昨日は、ドイツの初戦。相手は、メキシコ。

一応、こっちでも日本の番組が生で見られるので、NHKで観戦する。

11歳男子、ドイツで暮らしているだけのことはあり、サッカーにものすごく詳しい。

あの選手はどこでプレーをしているとか、前回のW杯は怪我で出場できなかったとか、事細かに教えてくれる。

ちなみに、彼は3歳くらいからほとんどドイツで生活し、学校もこっちの公立学校に行っているので、ドイツ語の方がわかるとのこと。

年齢は一番小さいけれど、何かあったときに頼りになるのは、間違いなく彼だ。

いる間、ドイツ語を教えてもらおう。

試合は、まさかまさかの敗北。

確かにメキシコは強かったけど、ドイツ国民は、勝つ気満々だっただろうなぁ。

アパートの隣にスポーツバーがあって、サッカーの試合があるときは大いに盛り上がるのだが、昨日は、時間が経つにつれてどんどんしょぼーんとした雰囲気が伝わってきた。

なんだか雲行きがあやしい、今回のW杯。

番狂わせも多そうだから、もしかしたら日本、勝っちゃったりなんかして。

日本の初戦は、明日かな？

昨日はペンギンの誕生日だったので、試合の後、近所のイタリアンに行って食事。

ロンドンから遊びにいらしているM子さんも合流し、四人で会食となった。

心なしか、周りのドイツ人の表情が暗い。

ドイツの国旗を顔にペインティングしている人も多くて、そんなはずじゃなかったのにな
あ、というムードが伝わってくる。
これからの試合、ドイツチームが勝ち進んでくれることを祈るばかり。
もちろん、日本チームも全力でがんばってほしい。

家に帰ってから、もう一回小さい画面で、今度はブラジル対スイスの試合を観戦。

途中で男の子がいなくなったと思ったら、私とゆりねが共同で使っているお昼寝布団で眠
っていた。

気持ち良さそうに寝ているので、そのままおやすみなさいをする。

そして今日は5時半起き。

ドイツでは、お昼の給食の前、小腹がすいたときにつまむ簡易弁当みたいなのを各自持っ
て行くことになっていて、野菜スティックでもサンドウィッチでもなんでもいいらしいのだ
けど、それを毎日持たせてほしいと、友人から頼まれていた。

ということで、私はご飯を炊き、オニギラズを作る。

具は、牛肉のしぐれ煮と、沢庵。

それを、お弁当箱みたいな容器に入れて、はい、行ってらっしゃーい、と送り出す。

日本でも問題になっているけれど、S君の荷物も、ものすごく重そうだ。

そして今日は、コロッケを作る予定。

先週の金曜日のマルクトで、ホクホク系のじゃが芋をたくさん仕入れてきた。

こっちでコロッケを作るのは、初めてだ。

気合いを入れて豚肉を細かく刻んでいたら、僕がリクエストしても作ってくれなかったのに、とペンギンが恨めしそうな顔をする。

そりゃそうだ。

とにかく今回のホームステイ中は、おいしいご飯をたくさん用意して、ひもじい思いをさせないように、というのが目標だもの。

11歳の男の子は思ったよりもずっと子どもで、素直だし、とてもかわいい。

自分のことを、「○○くん」と君づけで呼ぶ。

これは、ドイツ語では言わないので、日本語だからと自分で弁明していた。

さてと、これからコロッケ用のタネをひたすら丸めて、衣をつけなくちゃ。

今は、S君とペンギンが、仲良くおやつを食べている。

おかあさん業　6月22日

米びつにあったお米がどんどん減っていき、ついに今朝、底をついた。

この数日は、本当によくお米を炊いた。

ふだん、1日2回炊くことはないのだけど、今回は朝と晩、2回炊くことも珍しくなかった。

それにしても、おかあさん業は大変だ。

S君は全然手がかかるような子ではないけれど、それでも、学校へ送り出したり、帰宅する時間に合わせて買い物を済ませたり、何かと時間的な制限が出てくる。

私は期間限定でお気楽なものだけど、これがずーっと続くとなると、世の中のおかあさんたちは、本当にすごい！

午前中に食べるミニ弁当は、ほとんどがオニギラズになった。

海苔がいかに優れた食べ物かを、改めて実感した。

だって、食べられる、しかもおいしいラップなのだ。

おかずとご飯を海苔で包んで、そのまま食べられるなんて、画期的だ。

ちなみに今日は、昨日ペンギンが作ったカレーを、オニギラズにしてみた。

自分たちの分も作って、さっき食べてみたけれど、なかなかおいしかった。

コロッケは、手間がかかったわりに、自分史上最悪の出来で、悲しくなった。

小麦粉の違いなのか、揚げているうちにどんどん衣が剝がれ、崩れてくる。

あんなに無様なコロッケは初めてで、自分で自分を呪いたくなった。

その代わり、次の日、補習校に持っていくための唐揚げ弁当は、自分でも、会心の出来になった。

普段はめったに、唐揚げをしない。

というのも、随分前にペンギンに作ったら、僕はあんまり唐揚げが好きじゃない、と言うので、以来、作らなくなったのだ。

でも、今回S君に好きなものを聞いたら、真っ先に唐揚げという答えが返ってきた。

それで、久しぶりに唐揚げを作ったというわけ。

何が成功に導いたのかは自分でもわからないけれど、とにかく、唐揚げの方は、私史上最高の出来だった。

外の衣はカリッとして、しかも冷めてもカリカリ感はなくならず、中はジューシーな仕上がりになった。

味見のために小さいのをつまんだらめちゃくちゃおいしくて、あやうく、お弁当にする分も食べそうになる。

鶏肉に、塩麹とカレー粉で下味をつけておいたのが、おいしさを後押ししてくれたのかもしれない。

ご飯の上に醬油で味付けしたおかかをちらし、その上に海苔をのせ、更にその上に唐揚げをのせる。

男の子って、本当に唐揚げが好きなんだなぁ。

余ったのをペンギンにも食べさせたら、大絶賛。しかも、なんで自分には作ってくれないのかと、文句を言う。

だって、唐揚げ嫌いだって言ってたじゃない、と言ったら、自分は唐揚げが好きだとぬかした。

初耳だ。

以前、確かに好きじゃない、と言っていたのに。

昨日は、ミニ弁当に太巻き寿司を作ってみた。

遠足とか、何かちょっとした行事があると、母がよく作ってくれるのが太巻きだった。

でも、自分ではなかなか作らない。

巻く具を用意するのが面倒で、これまで、太巻きは一回しか作ったことがない。

でも、せっかくなので挑戦した。

卵焼きを作って、かんぴょうを煮て、人参を切って、あとは、冷蔵庫に残っていたひき割り納豆や牛肉の時雨煮などを総動員する。

具を置く場所を間違えたので、バランスが悪く見えるけど。

母はよく、こんなに面倒なものを作ってくれたなぁ。

おかげで私は、今でも太巻き寿司が大好きだ。

これからはもっと頻繁に、太巻き寿司を作ろう。

海苔の底力をまざまざと見せつけられた数日だった。

そして今日、S君のホームステイは終了する。

なんだか、擬似家族で楽しかった。

うちは、ペンギン、犬、私の、ちょっといびつな家族だから、隙間がいっぱいあって、外の人も入りやすいのかもしれない。

S君も、ホームシックにならず、よかったな。

ちなみに私は、完全に放任&自己責任主義だ。

自分に子どもはいないけれど、もしいたら、きっとこういう母親になっていたんだろうな、というのを想像した。

歯を磨かないで寝ても、虫歯になって痛い思いをするのは本人だし、夜遅くまでゲームをしていて、次の日遅刻するのも本人。

いくら言葉で注意したって、自分で痛い思いをしないとわからないと思うから、おそらく、口うるさい母親にはならなかったと思う。

とにかく、ギリギリまで我慢して、本当に怪我をしたりしそうになった時だけ、手を差し伸べる。

それ以外は、放ったらかし。

今回S君にも、あえて何も注意しなかった。

そういえば、W杯で、日本が初戦に勝った。

すごいぞ！

日曜日も、しっかり応援せねば。

100年　7月2日

先日、麹を買いに行ってきた。

以前は自宅の一角を作業場にして作っていたのだけど、最近、お店を構えたという。

白木をふんだんに使った、とても気持ちのいい空間で、入り口をくぐると、ほんのり甘い麹の香りに包まれる。

まさか、ベルリンにこんなお店ができるとはなぁ。

わが家の食生活は、ここの納豆や麹で作る味噌に、随分と助けられている。

ワイン樽に仕込まれているのはお醬油で、甕《かめ》に仕込まれているのは、味噌。

私はてっきり、棚にずらりと並ぶこれらのこの甕は、日本から送ったものかと思った。

でもこれはすべてドイツの、ザウアークラウト用の甕だという。

色といい形といい、実家の物置に眠っていた漬物用の甕とそっくり。

アンティークマーケットで探せば結構見つかるらしいけど、新しいものもあるという。西ドイツと東ドイツでは色と形が微妙に違って、私はどちらかというと東で使われていた甕の方が好きだった。

味噌を仕込んだりするのに重宝しそうだから、私も今度、甕を探してみよう。

そして帰ってから、第3回、味噌仕込み。

前回は、玄米麴だったので、今回は白米麴を使ってみる。

手前味噌は、本当においしい。

こんなに簡単にできるのに、今まで買っていたというのが信じられない。

乾燥していてカビが生えにくいから、ベルリンは味噌作りに適している。

1回目に仕込んだのがすごくおいしくできて、みんなにあげていたら、また欲しいとリクエストされて、なんだかお味噌屋さんになった気分だ。

野菜スティックにつけたり、使い方はいろいろあるけど、やっぱりなんと言っても醍醐味はお味噌汁。

お味噌で、こんなにも味が変わるとは！

人生で、あと何回お味噌を仕込むことができるんだろう。

昨日は、フィンランドのヘルシンキから遊びに来た友人一家と、公園のレストランでのんびりブランチを楽しんだ。

この季節は、誰もがあっちに行ったり、こっちに来たり、ヨーロッパの人たちは思いっきりバカンスを楽しんでいる。

ベルリンへいらっしゃるお客さんがもっとも多くなるのも、この時期だ。

面白いと思ったのは、フィンランド語には、英語でいう、he と she の区別がないこと。

もともと、男性とか女性の性を区別して認識せず、誰もが「人」として存在しているという現れだろう。

だから、女性の社会進出も進んでいるし、国会議員になる女性の割合が高いのだろうと思った。

私は今日これから、リトアニアへ。

エストニアもラトビアもリトアニアも、今年は独立してから100年を迎える記念の年。

しかも、ラトビアとリトアニアの両国で、歌と踊りの祭典が開催される。

リトアニアには、数年前、ペンギンとプライベートで行っているので、2回目だ。

今回の旅でもまた、すてきな出会いがたくさんありますように！

修道院でお昼ごはん

7月12日

カウナスは、一時、リトアニアの臨時首都が置かれていた町で、杉原千畝さんの記念館がある場所としても知られている。

私がカウナスを訪れるのは2度目で、今回はたっぷり、3泊した。

町の中心から少し離れたところにある修道院で、ランチを食べた。

ここは、修道院の敷地内にあるレストランで、ホテルもある。

残念ながら、今回はホテルに泊まれなかったけれど、次回はぜひ宿泊して、静かな時間の流れを堪能したいと思っている。

お料理は、モダンリトアニア料理で、どのお皿も素晴らしかった。

どこのレストランでも、まずは黒パンを基本としたおいしいパンが出てくる。

そして、スープ。

リトアニアの料理を代表するのがスープの存在で、スープなしに料理は成り立たない。だからどこのレストランに行っても、おいしいスープが登場する。これはほぼ、１００％。

日本でいう、お味噌汁みたいなものかもしれない。

修道院のホテルで出されたのは、ビーツの葉っぱを使ったスープ。

色がとてもシックで、きれい。

上にかけられているのは乾燥させたブラックオリーブ。

前菜は鴨肉のテリーヌとグリーンピースのピューレで、添えられているのはグリーンピースの花。

もちろん、食べられる。

メインは羊の肩肉で、添えられているのは発酵させた大麦や、敷地内の畑で採れた野菜など。

デザートは、マンゴーチーズのムース。

これに、３種類のハーブティーが出された。

カウナスは特にモダンリトアニア料理の宝庫で、とにかくどこのレストランのレベルも本当に高かった。

そして、塩加減がちょうど良く、しょっぱすぎることがない。

だから、食べた後も疲れない。

昔からビール作りがさかんなので、その土地で作られたビールを飲み比べるのも、とても楽しかった。

このホテル&レストランの名前は「モンテカシス」といい、イタリア語で「静かな丘」という意味らしい。

修道院では、今も17人の修道女が暮らしている。

バロック様式の教会で、中の装飾が美しかった。

そういえば、カウナスの街中でおしゃれなおばあさんに会った。

セーターもスカートもご自分で編んだそうで、自分で編んだ服以外は身につけないとのこと。

一年に一枚のセーターを編むのを楽しみにしているそうで、髪型や小さなイヤリングに至るまですべておしゃれで、ベンチに座って本を読む姿が様になっていた。

教会巡り　7月29日

久しぶりにマルクトに行ったら、もうアンズ茸が出ていた。

オレンジ色の、ちょっと「きのこの山」(お菓子)に似ているキノコ。

7月も半ばを過ぎると、もうキノコの季節になってくる。

今月は、旅の月だった。

まず、リトアニアに行って、それからほどなく、今度は北イタリアへ。

ヨーロッパ内は、まるで国内旅行感覚で、気軽にどこへでも行くことができる。

リトアニアで印象に残っているのは、教会だ。

リトアニア人の8割はローマ・カトリック教会の信者で、本当にあちこちに、教会があった。

ベルリンにだって、教会はたくさんある。

けれど、ドイツの場合、宗教心はかなり希薄になりつつあり、使われなくなった教会は、コンサートや絵の展示など、どちらかというと公民館的な使われ方をしている。

けれど、リトアニアの教会は、そういうのではなく、今もちゃんと、人々の信仰の場として機能している。

そういう、きちんと現役で使われている教会は、やっぱり何かが違うと感じた。

日用品と一緒で、教会も、ただ形だけあってもその存在感は輝かず、お茶碗とかお皿とかと同じように、日々、人々の手に触れられることで、美しさを増すのだ。

リトアニアでは、いくつ教会を訪れたのかわからないいくらいたくさんの教会に足を踏み入れたけれど、そのひとつひとつが、本当に美しかった。

そしてそれ以上に、人々が本気で祈りを捧げる姿に、胸を打たれた。

リトアニアは、祈りの国だ。

面積は、北海道よりやや小さいくらいで、人口も300万人くらいしかいない。

何度も他国から攻められて、過酷な時代をくぐり抜けてきた。

今、きちんと地図の上に「リトアニア」という小国が存在していることは、奇跡に近い。

よくぞ、リトアニア語を絶やさず、歌を絶やさず、文化を絶やさず、繋いできたと思う。

今回の旅のメインだった歌祭りも、素晴らしかった。

国家の日のその日、世界中に住むリトアニア人が、リトアニア時間21時ちょうどに、世界で同時に国歌を歌った。

その歌声と志に、私は涙が止まらなかった。

ステージに立つ2万人と、会場にいるそれをはるかに上回る数の聴衆と、世界中に散らばったリトアニア人との歌声が、ひとつになって地球を包む。

帰り道、橋の上から美しい夕暮れの空を見た。

この旅で、もっとも印象に残っている色だ。

私にとって、バルト三国との出会いはラトビアがきっかけだったけど、リトアニアもまた、とても好きになった。

ラトビアは精神的に強くて、逞しい男性的なイメージ。

対してリトアニアは、しなやかで、優しく、女性的なイメージだ。

もっとも北に位置するエストニアと並んで、それぞれ、独立してからちょうど一世紀が経つ。

国家の日の7月6日は、国の至るところに、リトアニアの国旗が掲げられていた。

黄色は太陽を、緑はリトアニアの自然を、赤は自由や独立のために流された血を意味している。


リトアニアは2度目だったけど、北イタリアは、もう何度も行っている。

私は、好きになると同じ店や場所に何度も何度も繰り返し足を運ぶ。

だから、今回の北イタリアも、ほぼ、いつものところを転々とするルートになった。

まるで、旧友に会いに行くような。

北イタリアを巡る、黄金ルートができつつある。

フィレンツェにも一泊し、念願の、ひとり一皿スパイシートマトパスタを食べてきた。

実は、同じパスタをほぼ一年前に食べたのだけど、その時は3人で一皿をシェアした。

そしてその時に、心に決めたのだった。

次回は絶対に、ひとりで一皿を完食するぞ、と。

その願いを、果たすことができたのである。

今回は、サンタノベッラ薬局にも行くことができた。

フィレンツェの顔とも言える、サンタノベッラ教会のすぐ隣にある、世界でもっとも古い薬局のひとつと言われている、サンタノベッラ薬局。

中が本当に素敵で感動した。

まずはここの歯磨きペーストから使っているけれど、使うたびにうっとりしている。


今朝は、8時前にゆりねの散歩に行ってきた。

ベルリナーは週末夜更かしをするので、日曜日のその時間は、まだひっそりとしている。

昼間は連日のように30度を超えているけれど、朝はひんやりした風が吹いていて、暑がりのゆりねもスイスイ歩いてくれる。

先週くらいから、近所のお菓子屋さんが2軒とも夏休みに入った。

それで、ふだんは行かないドイツ人がやっているカフェに入って、ミルクコーヒーを飲む。

その一軒だけが、繁盛していた。

ペンギンがいる時は、たいていその都度豆を挽いて、家でコーヒーを飲んでいる。

豆は近所のコーヒー屋さんで焙煎したてのを買ってくるから新鮮で、正直、ドリップコーヒーなら外で飲むより、家で飲んだ方がおいしい。

でもたまーに、ちょっと雑に淹れた感じの、さほどおいしくないコーヒーが恋しくなる。

今朝飲んだミルクコーヒーは、まさにそのツボにはまる味だった。

おいしくない、けど、おいしい。

近所で、ふらりと飲むコーヒーは、このくらいがいいのかもしれない。
誰かが落としたパンの切れ端を、たくさんのスズメが群がってついばんでいた。
私は、その様子を見ながら、ちびちびとミルクコーヒーを飲んでいた。
日常っていいなー、と思いながら。
一昨日の部分月食が、きれいだった。

納涼

8月5日

暑い！

暑い暑い暑い暑い！！

日本の猛暑も大変なことになっているけれど、今年の夏は、世界中でおかしな天気になっている。

ベルリンも連日、最高気温が30度を超え、暑い日は35度になったり。

こんなに麻の服にお世話になる夏は初めてで、春からずっと暑い日が続いている。

あんまり暑いので、昨日はかき氷屋さんに行ってきた。

最近できたばかりの、東京からやって来たかき氷屋さんだ。

もしオープンが去年だったら、全然違っただろうに。この暑さで、店の前に人だかりができていた。

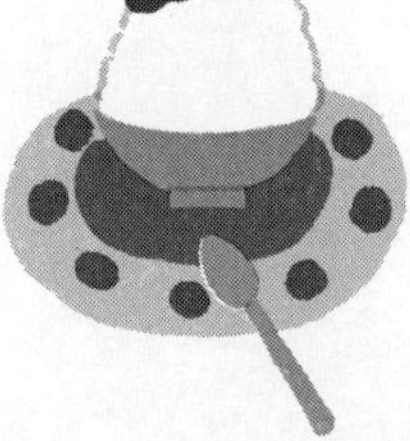

内装もシックで、まるで日本にいるみたい。

働いている若者たちも、キビキビしている。

あー、やっぱり日本の文化はいいなぁ。

日本人ばっかりかと思ったら、大半はドイツ人や、日本以外のアジアの人たちで、みなさん、かき氷を夢中になって食べている。

氷を削る手動の機械が、フル稼働。

それを、飽きもせずにじーっと子どもたちが観察している。

多分、機械好きのドイツ人にとって、このアナログ感はたまらないのだろう。

男の子は、30分以上もひたすら氷を見つめていた。

頼んだのは、マスカルポーネほうじ茶と、ラズベリー。

どちらもおいしかったけど、特にマスカルポーネほうじ茶が、ものすごーくいい味でびっくりした。

氷も柔らかく削れていて、急いで食べないとあっという間に水になる。

ベルリンで、本格的なかき氷が食べられるなんて、感無量だ。

こっちの夏は基本的に涼しいから、家にクーラーがある、なんてことは、まずない。

電車やバス、トラムも、ないのが当たり前。

冷房のかかっているのに当たれば、ラッキーという程度。

湿度が低いから、日本のような不快感とは違うけれど、それでも日中、直射日光の下を歩くのはかなりしんどい。

うちには、扇風機もないしなぁ。

あんまり暑いので、濡らした手拭いを冷蔵庫で冷やして、それを首や頭に巻いている。

常に冷たいのをスタンバイさせるため、私とペンギン、ひとり2枚ずつ、合計4枚の濡れ手拭いが活躍中だ。

あとは、スイカを食べて、せっせと体を冷やしたり。

でも、今いっちばん食べたいのは、冷やし中華だなぁ。


今日は、リトアニアで教えてもらったピンクスープを作った。

ビーツの冷たいスープとも言われていて、これは、リトアニアだけでなく、ラトビアでもよく食べられている、夏の定番スープ。

ヨーグルトかサワークリームに、細かく刻んだビーツを入れるだけで、すごくかわいいピンクになった。

あとは、細かく刻んだきゅうりと、ディルが混ぜてある。

この上に、ゆで卵をのせれば完成だ。

火を使わないで作れるので、とても楽。

今回は、スーパーに生のビーツがあったので、それをオーブンで蒸し焼きにして使っているけれど、生のがなければ、事前に調理してパックで売られているのでも、大丈夫。

ただ混ぜるだけでこんなピンクになっちゃうんだから、本当に魔法みたい。

ビャビャビャビャの森へ　8月16日

日曜日の蚤の市に出かけて、ひとりのおばあさんが売っている花束を見た瞬間、そういえば、お盆だな。

しかも、父にとっては新盆だな、と気づき、花束を買ってきた。

おそらく、おばあさんのお庭に咲いたのを摘んで、ひとつひとつ、ブーケにしてまとめたのだろう。

こういうお花が一番好きだ。

思い返すと、母も、こういうお花が一番好きだった。

人間を相手にすると、すぐに感情的になっていささか面倒な性格だったけど、植物の声には熱心に耳をすましていた。

小学校の時、よく庭の草花を摘んで新聞紙に包み、教室に飾る花を持たせてくれたっけ。

仕事部屋のお祈りコーナーにおばあさんから買った花束を飾り、お盆を迎えた。

お花を見るたびに、美しいなぁ、とため息がこぼれる。

両親は、そばに来てくれていたのかな？

特に、変わったことは起きなかったけど。


この夏の一番暑い日に、サウナに行ってきた。

そこは、日本の露天風呂を思わせるような、広いお庭のある開放的なサウナで、男女混合裸族サウナ。

プールもあって（もちろん裸）、気持ちよかった。

サウナ↓プール↓読書↓昼寝↓サウナ↓プール↓読書↓昼寝↓サウナ↓プール↓読書↓昼寝。

これを何回か繰り返していたら、あっという間に陽が暮れたので、慌てて帰ってきた。

裸で読書、裸でワイン、裸で日光浴、裸でプール。あっちを見ても、こっちを見ても、裸、裸、裸、裸。

完全に、世界裸族デーだった。

思うに、ドイツ人というのは、男女による性差がないのだろう。

だから、逆にいうと、女性だから優遇されたりすることもなく、男女いっしょ。

ドイツだったら、電車内での痴漢とか、ありえないと聞いたこともある。

女性が強いから、そんなことをした日には、とんでもない逆襲が待っていると。

女性のお医者さん率も高いし、父親の子育ても、当然という風潮がある。

それからすると、日本はまだまだ男尊女卑の風潮があるなぁ、と昨今の日本の新聞を読んでいて、つくづくため息がでる。

それに、同性愛者に対する一部の政治家の認識も、ひどすぎる。

政治家からのあきれた暴言が多すぎて、あー、またかー、と慣れてしまう自分が怖い。

本当は怒らなくちゃいけないのに、こう暑くては、怒る気にもなれないだろうし。


それにしても、生産性云々《うんぬん》の発言には、驚いた。

そういうあきれた発言を見聞きするたび、なぜこの人が政治家になれたのだろう？　と不思議に思う。

国を代表する政治家のああいう発言を聞いて、自分は同性愛者かもしれない、と悩んでいる子どもたちは、どう感じると思っているのか。

しかも、子どもを産むことを生産性とするなら、子どもを産んでいない私も、生産性がないということになる。

人の生き方にいちいち口出ししないでほしい。

すべての人に、すべての命に、役割がある。


私は、明日からポーランドへ。

友人と行くので、ペンギンはお留守番。

目指すは、ベラルーシとの国境にある、ビャビャビャビャビャの森。

本当は正式な名前があるのだけど、難しくて覚えられない。

明日はまず、陸路でワルシャワへ。

ベルリンからポーランドの国境まではすぐだから、もっと簡単に行けるかと思ったら、乗り換えなしの一番早い列車でも、6時間くらいかかる。

そして、明後日は、ワルシャワからバスに乗り、更に4時間半。

森のそばのホテルに2日間滞在し、また同じコースで戻ってワルシャワに一泊し、ベルリンに戻る計画だ。

戻ってくる頃には、さすがに夏も終わって、秋の風が吹いているだろうな。

今年は夏が長くて、光貯金がたくさんできた。

原生林　8月27日

行ってきたのは、ビャビャビャビャビャビャの森ではなくて、正確には、ビャウォビエジャの森。

でもこれが、難しくてなかなか覚えられない。

森は、とても美しかった。

私たちは、朝8時スタートの、全部で4時間のコースにしたのだけど、空気までもが緑色に染まって見えるようで、呼吸するたびに幸福感に包まれた。

静けさと、生き物の気配、光、水の雫、土のかおり。

やっぱり、森って最高だ。

少し前に、ドイツでベストセラーになった、『樹木たちの知られざる生活——森林管理官が聴いた森の声』という本を読んだのだけど、その本には、いかに木々同士が助け合って、

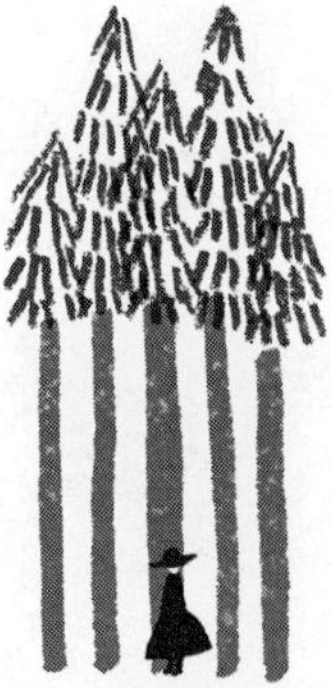

子育てをしたりしているかが書かれていた。

木々も、私たちが理解できないだけで、ちゃんと話したり、メッセージを送り合ったりしている。

でも、そういう木としての「本能」も、人工的に人が植林したり手を加えたりしてしまうと、衰えてしまうのだとか。

そういえば、ドイツでは、街路樹とか、公園の木とか、一本一本にすべて番号がついていて、きちんと健康状態がチェックされていると聞いた。

光合成もそうだけれど、木がいかに私たちに恵みをもたらしてくれているか、本当にもっともっと感謝して、私たち人間が恩返しできることを、最大限していかなくちゃいけないな、と思った。

あと、その本ではなかったけれど、夜を人工的な明かりで明るく照らすことで、木々が寝不足になり、疲弊してしまっていると聞いたことがある。

きっと、24時間営業のコンビニのそばにある木なんかは、寝不足で、機嫌が悪くなったり、具合が悪くなったりしているのかもしれない。

木は、自分では歩けないし、叫んだり悲鳴をあげたりして訴えることができないから、人間がそのことに気づいてあげないと、だ。

ビャウォビエジャの森を歩きながら、私は何度も、地球が全部、こんなふうに原生林で覆われていた本来の姿を想像した。

本当は、全部こうだったはずなのに、今ではこういう姿を残す場所は、ほんの一部しかない。

人間が、地面から苔を引き剝がして、木を切り倒して、根っこをはいで、地球の本来の姿からどんどん遠ざけている。

私が今ベルリンにいるのは、町に緑がたくさんあるから。

緑がたくさんあるだけで、こんなにも人々の心に安らぎが生まれるのに。

そんな簡単なことすら、難しい世の中になっているのが、切ない。

この夏の、世界中の異常な暑さは、地球からの警告だと思う。

だけど、もう十分じゃない？

今回は、久しぶりの陸路の旅だった。

ワルシャワエキスプレスとは名ばかりで、めちゃくちゃのんびりなのには、笑ってしまったけど。

帰りの列車で食堂車に行き、ひとり一杯ずつシャンパンを飲んで、ポーランドのお金をすべて使い果たしたのも気分が良かった。

夏の終わり　8月29日

ペンギンは、ベルリンで仕込んだ手前味噌を持って、日本へ帰国。

さっき、成田に着いたらしい。

楽しい夏だった。

8月は、毎年行っているヤングユーロクラシックに加えて、ダンスのフェスティバルにも行った。

ベルリンってすごいなー、と感心するのは、踊りが、日常生活に根付いていることだ。

ダンスホールが健在で、プロでもない一般の人たちが、普通に踊っている。

心の余裕と時間の余裕が両方なければ、踊ることってできない。

日本にも、盆踊りとか阿波踊りとかあるけれど、あれはハレの踊りで、ふだんの踊りではない。

暮らしの中に、踊りがあるって、とても素敵なことだ。

そして、踊ることって大事だな、と最近強く思うようになった。

いくつか面白そうな公演のチケットを買って見に行ったのだけど、この間の日曜日に見に行ったコンテンポラリーダンスは、中でも素晴らしかった。

午後3時からの公演で、ホールには子どもたちもたくさん来ていたから、始まる前、「あれ、これはもしかして、子ども向けのショーだったかな？」と不安になっていたのだけど、そんなの、全くの杞憂だった。

出ている人たちの身体能力が素晴らしいのは言うまでもないけれど、だからといってこれ見よがしに技を見せつけるのでもなく、照明の美しさだったり、最新の技術を使った映像とのコラボレーションだったり、とにかく、幻想の世界に迷い込んだようで、魅了された。

美しいと同時にポップでもあり、子どもから大人まで、楽しめる。

芸術というのは、そうでなくてはいけない、と改めて思った。

そして、こういうダンスを子どもにもしっかり見せるドイツ人って、すごいなーと思った。

そういうのを幼い頃から見て育ったら、やっぱり感受性も磨かれるに違いない。

けれど、すべての公演がこんなに感動できるわけではない。

作者の意図を理解できなかったり、あまりにつまらなくて途中で帰りたくなったり（というか、実際に真ん中の休憩の時に帰ってきたのだけど）というのも、もちろんある。

中でも私がもっとも嫌悪するのは、相手を値踏みするような、わからないのは、あなたの理解が及ばないからです、的な上から目線のアートだ。

注釈を読まなければ理解できないようなアートは、私、あんまり好きじゃない。

芸術なのだから、見てすぐに直感で感動できるというのが、大前提だと思う。

あと、美意識のないアーティストというのも、致命的な気がする。

ベルリンは、アートに対しては本当に間口が広くて寛大なのだけど、たまに、これもありですか？　的なものがあるのも事実だ。


音楽では、ルーマニアのオーケストラの演奏が、本当に良かった。

以前もルーマニアの演奏を聴いて、感動した。

情熱的で、喜怒哀楽がはっきりしていて、でも難解すぎない選曲で、決して期待を裏切らない。

きっと私は、ルーマニアのオーケストラを率いる、あのおじいさん指揮者が好きなのだ。

アンコールで演奏してくれた、ショスタコーヴィチのジャズ№2は、最高だった。

ペンギンが、演奏を聴きながら、感動のあまり泣いていたっけ。

本当に、この夏もたくさんの心の栄養をいただいた。
そして、夏は終わり。
心の間口をじょじょに閉めて、栄養をちゃんと消化しなくっちゃ。
ついこの間まで30度を超える暑さだったのに、いきなり風が冷たくなった。
数日前、オイルヒーターのパイプを触ったら、もう、温かかった。
そろそろ、冬に備える時期だ。
ゆりねの温もりを、ありがたく感じる。
ペンギンが去った部屋は、私とゆりねには広すぎて、なんだかがらんとしている。

日曜日の朝に　9月2日

そのギャラリーの前を通るたびに、きれいだなぁ、とため息をついていた。

まるで、シャボン玉を瞬時に固めたような作品。

シンプルで、美しい。

その虹色の表面に、世界を映し出す。

家にあったら素敵だろうなぁ、毎日、この子を見ることができたら、人生、豊かになるだろうなぁ、と逡巡すること、数ヶ月。

ようやく家に迎える決心がつき、買ってきた。

高価な宝石とか、ブランド物のバッグとかは琴線に触れないのだけど、こういうのには、惹かれてしまう。

玄関に入ってすぐの、机の上に置いた。

私にとってその場所は、ちょっとした神棚のような場所。

とても薄いガラスでできている。

制作したのは、クリスチャン・メッツナーさん。

大きい子も、小さい子もいたけれど、私にはこの大きさがベストだった。

ちょうど、私が両手を前に伸ばしたくらいの幅がある。

どうか、ペンギンが壊しませんように！


今朝は、早めにゆりねの散歩へ行った。

日曜日の朝は、いつになくしんとしている。

木々の葉っぱが、だいぶ色づいてきた。

朝晩は寒くて、今日は、薄い手袋が欲しいくらい。

私は、１００％の青空より、今日みたいな、ちょっと寂しさが漂うような空の方が好きだから、実は、夏が終わってホッとしている。

涼しいので、久しぶりにゆりねも、長めのお散歩ができた。

こんなお天気だったら、いつまででも、どこまででも歩いて行けそうだ。

しばらく森もお休みしていたので、来週末は森に行こう。

テクテク歩いていたら、おじさんが郵便ポストを雑巾で磨いていた。すごく熱心に、愛おしそうに拭くその姿が印象的でじっと見ていたら、おはよう！　と挨拶された。

そっか、みんなが休んでいる日曜日の朝に、こうして働いてくれている人がいるんだな。おじさんは全然義務的ではなく、とても心を込めてきれいにしていて、そういうのはきっと、道行く人たちに伝わるんだろうと思った。

今日はこれから、友人の家でバザーがあり、それのお手伝いに行く。

彼女が一生懸命働いてお金を稼ぎ、とても大切にして集めたものだから、なるべく無駄にせず、新たな持ち主さんに手渡したい。

ハグって　9月16日

急に冷えたせいか、盛大におなかを壊した。

昨夜、ひとりしゃぶしゃぶをしてご機嫌になったのもつかの間、だんだんおなかの様子がおかしくなる。

ゆりねも私も、おなかは強い方で、滅多におかしくならないはずなのだけど。

最低気温を見たら11度となっていたから、やっぱり冷えたかな。

用心しないと。

夜中にうなされて、意識が朦朧《もうろう》とする中、白湯《さゆ》で漢方のお薬を飲み、おなかにカイロを貼って寝た。

今はもう、ほぼ大丈夫。

昨日、どこかにあるはずの腹巻を見つけられなかったので、ちゃんと用意しておかなくちや。

そろそろ、湯たんぽも必要かもしれない。

先週末は、立て続けに録画がたまっていたNHK特集を見て、なんだかどんよりとした気持ちになる。

一本目は、第二次世界大戦中の731部隊について。

本当にひどいことをやっていた。全く、ヒトラーがしていたことと変わらない。

たとえば、チフス菌入りの材料で作ったお饅頭を中国人に食べさせ、人体実験をしたり。

そのことに関与した兵士のインタビューがあって、彼の言っていることがとても興味深かった。

彼曰く、そういうことをして中国人が可哀想などと言ったら、それこそ非国民扱いされる雰囲気があった、と。

そう、雰囲気。

雰囲気が、怖いのだ。

言えない、雰囲気。同調圧力。

何も変わっていないのだろうか。

二本目に見たのは、棺桶型と言われる、世界でも類を見ない日本の超高齢化社会についての現実。

すでに、お年寄りが、お年寄りの面倒を見なくてはいけなくなっている。

ここ数年で、お年寄りの労働人口が、ものすごく増えているとのこと。

外国人の力に頼らなければ立ち行かなくなっているのに、それでも尚、外国人に対して日本は狭き門となっている。

それにしても、ベトナム人は、世界中から引く手数多《あまた》だ。

勤勉で、温和で、外の社会に溶け込んで根っこを張るのがうまいのかもしれない。

ベルリンにも、ベトナム人がたくさんいるけれど、確かに、とてもうまくやっている印象だ。

以前は、多くのベトナム人が日本に来たがったけれど、最近はその流れが少し変わり、台湾に行く人たちが増えているとか。

あまり門戸を閉ざしていると、そのうち、どうぞ、と言ってドアを開けても、もうその頃には誰も来なくなるんじゃないかと、心配になってしまった。

日本人から暴力を受けたという外国人の証言も、痛々しかった。

それから三本目に見たのが、人工知能の進化について。

すごいことになっている。

恐ろしいのは、どうして人工知能がそういう結論に達したのか、それがすでに人間にはわからない領域に入っているということ。

韓国では、政治の世界に人工知能を用いる動きもあるのだとか。

戦争にも、すでに人工知能が使われているというし。

自分の手を一切汚さずに、なんの心の痛みも体の痛みも感じずに相手を傷つけるなんて、想像しただけでおぞましい。

もちろん、人工知能にはいい面もたくさんあるのだろうけど。

話は変わるけれど、最近、難しいなぁと実感しているのが、ハグだ。

ヨーロッパにいると、この問題に直面する。

誰とハグをして、誰とハグをしないか、その線引きが、とても悩ましいのだ。

見ていると、こっちの人だって、誰とでもハグをするわけではない。

かと言って、昨日も会っている人と、今日も会ってまたしっかりハグをしている光景も見かける。

会う時もハグ、別れる時もまたハグだ。

私は、日本人なので、基本はお辞儀でいいと思っている。

わざわざ体を寄せて挨拶を交わすまでしなくても、日本のお辞儀は、その気持ちの度合いによって微妙に変えられるし、その行為だけで気持ちを伝えられる日本人は、素晴らしいと思う。

ドイツ人は、初めて会う場合はたいてい握手だ。

これはなかなか便利で、これから仲良くしましょう、私はあなたに敵対心は持っていませんよ、という意思表示のような気がする。

難しいのは、関係が深まってきてからで、うーん、いつからハグをしたらいいのかが、わからない。

どんなに親しくなっても、相手が日本人だったら、私は基本、ハグはしない。

あと、一時期親しくしていても、時間が経ってちょっとギクシャクしてしまった時とか、時と場合によって、したりしなかったりするのも、なんだか変な気がする。

それに、私としては、ハグは特別な感情表現として、キープしておきたいという気持ちもある。

たとえば、相手にものすごくいいことがあって、おめでとう！　を伝えたい時。

あるいは、ものすごく悲しい出来事があって、それをどうやったって言葉では慰められない時。

そういう時は、私もぎゅっとハグをする。

でも、ふだんの挨拶でハグを使ってしまったら、いざ特別に相手を抱きしめたい時とか、どうすればいいんだろう、と思ってしまう。


日本は、豪雨や猛暑や地震、次から次へといろんなことが起きている。

だけど、先日新聞にのっていた、建築家、坂茂《ばんしげる》さんのインタビューはとても良かった。

坂さんは、被災地を訪ねては、よりよい避難生活が送れるよう、行動されている。

お金をもらってやる仕事も、ボランティアとしてやる仕事も、基本的に質は同じというのが、印象的だった。

外野からなんと言われようが、ボランティアをした方がいいと話されていたけれど、私も全く同感だ。

被災された方々が、一日も早く、ふだんの暮らしに戻ることができますように。
それこそ今は、ハグでしか表現できないような心境だ。

りんごのケーキ　9月23日

今日は、ランチにお客様をお迎えする。

半月ほど前から、知り合いのところのお嬢さんがベルリンに住んでいるそうで、せっかくだし、日曜日のお昼にお招きした。

彼女のご両親とは何度かお会いしたことがあるけれど、彼女にお会いするのは初めてだ。

メールでは、環境のことを勉強するため、ベルリンに来ていると書かれていた。

数ある世界中の都市の中から、ベルリンを選んだというだけで、私もなんだかとても嬉しい。

こういう志の高い若者を、微力ながら応援しなきゃ！　と思う。

そんなわけで、日曜日の朝、りんごのケーキを焼いている。

どうやら、昨日から本格的な秋が来たようで、そうなると急に、粉を使った焼き菓子が食べたくなる。

冷蔵庫を見たら、ちょうど卵が2個残っているし、りんごもあったので、素朴なりんごのケーキを作ることにした。

今、オーブンで焼いているところ。


昨日、ゆりねとちょっと遠出をしようと思ってトラムが来るのを待っていたら、ばったり、Yさんに会った。

というか、ようやく会えた。

毎年、夏に来るたびに会っていた、韓国系のドイツ人だ。

日本にも一回遊びに来たことがあって、一緒にご飯を食べたっけ。

近所に住んでいるし、ずっと気になってはいたのだけど、なんとなく、彼女の調子が良さそうではないと感じていたので、あえて、積極的に連絡していなかった。

それよりも、きっといつかどこかで会えるだろう、それが一番いいことのように思っていたのだ。

彼女は、ビジネス的にはとても成功している。

でも、その一方でものすごいストレスを抱えていた。

昨日ばったり会った時、彼女は自転車を引きながら、犬を連れていた。

そして、ハグをして再会を喜び合った。

やっぱり、去年は体調を崩して、半年間、治療に専念していたそうだ。

ようやく家に戻ってきたという。

表情にはまだ少し、困難な時間の名残りが残されていたけれど、でも晴れ晴れとしていた。

もう、ビジネスから一切縁を切ったとのこと。

人生の新しい扉が開かれたのだろう。

そういうタイミングで会えたことに、何か意味があるように思えてならない。

しかも、今、どんな小説を書いているのか？　と聞くので、ざっと内容を話したら、それに関してとても興味深い体験談を聞かせてくれた。

それには、本当にびっくりした。

お互い、白い犬を飼っていて、見た目はまるっきりアジア人で、近所に住んでいて、何かとても深い縁を感じずにはいられない。

とにかく、笑顔の彼女に会えたことが嬉しかった。

今日は、どんなお嬢さんがやって来るのか、楽しみだ。

そして、たった今、りんごのケーキが焼けた。
見た目はなかなか上出来だけど。
味はどうかな?
こればっかりは、食べてみないとわからない。

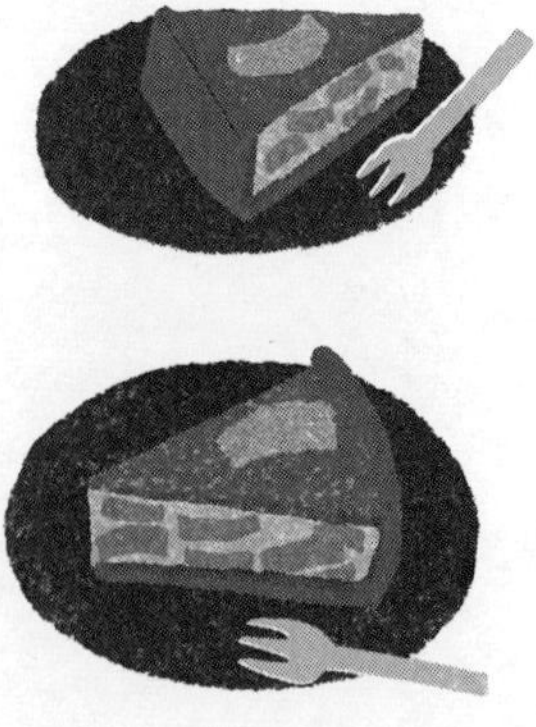

断る力

10月2日

週末、1泊でパリに行ってきた。

がんばれば日帰りもできそうだったけど、まぁ、1泊くらいしてもいいかと。

今回は、いつもしないことをしてみようと思って、行きも帰りも、シャルル・ド・ゴール空港からバスに乗ってみた。

そして、オルセー美術館に行った。

何度もパリに行っているけれど、オルセー美術館は初めてだ。

確か、数年前に改装したんだっけ？

印象派の作品を中心に、巨匠たちの作品が勢ぞろいしている。

随分前に一度ルーブル美術館に行ったのだけど、あまりに作品の数が多くて、疲労困憊《こんぱい》したのを覚えている。

規模からいっても、私はオルセー美術館の方が好きだ。

印象的だったのは、やっぱりというか、ロダンの作品だった。

ロダンが生み出した作品には、人格がある。

それまでの彫刻作品と、明らかに違うように感じた。

でも、それにも増して感動したのは、並べて飾られていたカミーユ・クローデルの作品だった。

ロダンの作品に人格があるなら、彼女の生み出した作品には感情がある。

ロダンが絶えず理想を追い求めていたのに対して、彼女は常に現実を直視していたんじゃないかと思った。

小さいけれど、老婆の裸体の作品なんか、肌の垂れ具合とか、本当に鬼気迫るものがある。

彼女の作った作品を見て、日本人女性のグループが、「なんか怖いね」と感想を述べていたのも、納得だ。

それにしても、みなさんよく写真を撮るなぁ。

ひと昔前まで、作品にカメラを向けているのは日本人だけだったけど、最近は、みなさん押し並《な》べてスマートフォンで写真を撮っている。

作品を見に来ているのか、写真を撮りに来ているのか、わからないくらいだ。

果たして、その撮った写真をのちのち振り返って感動に浸る割合は、どれだけだろうかと意地悪なことを思った。

みなさん写真を撮ろうとするので、名画の前はすごい混雑になっていた。

私は、よっぽどの好きな作品でない限り、写真に残すことはしない。

だって、あれこれ撮っても、結局は削除してしまうのだもの。


夜、期待して行った日本人シェフのアジア料理は、んー、私的にはイマイチだった。

きっと、まだ若いのだろう。

すべての料理がこってりしていて、休む暇がない。

お昼もフランス料理を食べたらすっかり疲れてしまい、翌日のお昼はどうしてもうどんが食べたくなった。

バターをたくさん使うフランス料理を、私は年々受け付けなくなってきている。

うどん屋さんには、行列が出来ていた。

お財布の中身を気にしつつ、えいやーと思って、天ぷらうどんを頼む。

日本にいたら考えられないような高級うどんになったけど、まぁ、異国の地だし、どうしても出汁を浴びるように飲みたかったので、仕方がない。

うどんを満喫した後は、近くのカフェに行ってクーペを堪能する。

こちらは、大正解。

苺か桃か選べると言われて、とっさに苺と答えてしまったけど、食べながら、やっぱり桃にすればよかったと悔やまれた。

こういう咄嗟の判断、私は苦手。

いつも後悔する。

それにしても、悲しい。悲しすぎる。

さくらももこさんに続いて、樹木希林さんも、亡くなられた。

おふたりとも大好きだったけど、特に樹木さんは、本当に心から尊敬していた。

死生観も含めて、生き方そのものが、あっぱれだった。

かっこいいし、独自の審美眼と哲学とユーモアをお持ちで、いいたいことははっきりと口にし、どんな大変な局面もさらりと身をかわす軽やかさがあった。

ご冥福をお祈りします。

先日、樹木さんを偲びながら、樹木さんが出演されたドキュメンタリーなどを見て過ごした。

面白かったのは、伊勢のうどん屋さんに入って、そこのお店の女性が、樹木さんに着てほしいと、法被《はっぴ》のようなものをプレゼントしようとした時、樹木さんが頑なにそれを固辞して、絶対に受け取らなかったことだ。

その時に樹木さん自身もおっしゃっていたけれど、もらってしまうことの方が簡単なのだ。けれど、自分のところに来たってそれが活かされるわけではないから、それをもっと心から喜んで使ってくれる人のところに行った方がそのものにとっても幸せなのだ、という理由には、本当にその通りだ、と納得した。

断るのって、めちゃくちゃ難しい。

その場を取り繕って受け入れてしまった方が、よっぽど楽。

樹木さんの断る力は、お見事だった。

断るといえば、私の場合、基本的に仕事の依頼は出版社の担当編集者を通して連絡をいただくのだけど、まれに、直接私のところに依頼が来ることがある。

その中で、最近ふたつ、メールで送られてきた依頼があって、どっちにも、間違いがあった。

ひとつは、私の書いた本のタイトルが『ツバメ文房具店』になっていて、もうひとつは、私の名前が、途中から「小山さん」になっていた。

いや、いいんですよ。

私は別に、そんなことで腹を立てたりしないし、そういう間違いは、誰にだってある。

ただ、仕事の依頼となると話は別で、別に間違ってても構わないけれど、その仕事を引き受けようという気持ちにはならない。

なので、きっぱりお断りした。

多分相手は、私がどうして断ったのか、わからないだろうけど。

メールだからなんだろうな。

簡単に送れる。けれど、間違いも犯しやすい。

でも、大事なメールだったら、何度か読み直さなきゃねぇ。

一度出したメールをもう一度戻せるような技術が開発されたら、きっとお世話になりたい人がごまんといるはず。

私も、樹木さんみたいに、もっと粋に断れる人になりたい。

日に日に、秋が深まっていく。

私は、2週間後には、わーい、日本だ。

観光客になった気分で、日本を思いっきり楽しもう。

お掃除道具　10月7日

ＤＩＭへ行ってきた。

ここは、視覚障害がある方たちが手作業で作った製品を扱うお店で、主に置かれているのはブラシ類。

私も普段からここのお掃除道具を愛用している。

日本へのお土産を買いに行ってきたのだ。

何がいいかなぁ、と悩んで、ふと思いついたのがＤＩＭだった。

ドイツは、お掃除道具が充実している。

特に、細い配管をきれいにするためのブラシは秀逸で、先日、日本からいらしたお客様にも、この配管ブラシをプレゼントしたら大変喜ばれた。

日本だと、私は歯ブラシを代用しているけれど、ドイツのこのブラシの方が、よっぽど痒いところに手が届く。

丸いのは、野菜を洗ったり、鍋やフライパンを洗ったり。

あと、大きい歯ブラシみたいなのもすごく使い勝手がよくて、細い金属の繊維が束ねてあり、水道の裏側とか、水周りをお掃除するのに最高だ。

お掃除道具が充実しているので、掃除するのが楽しくなる。

ドイツ人って、本当に道具好きだ。

店内にはカフェもあって、カプチーノとチョコレートケーキで一服しながら、たくさんあるブラシ類に思いを馳せる。

ここは、私の憩いの場。

日本からいらっしゃるお客様には、ぜひ足を運んでください、とおススメしている。

他にも、ノートやアルバムなどの紙製品や、人形、木製のおもちゃなどが並んでいる。

しかも、お値段がとても良心的。


今、『津波の霊たち　3・11　死と生の物語』（早川書房）を読んでいる。

著者は、リチャード・ロイド・パリーさんで、来日して20年になるイギリス人のジャーナリストだ。

この本が、ものすごくいい。

まだ途中だけれど、早く続きが読みたくて仕方がない。

内容は、74人の児童と10人の教職員が亡くなった石巻市立大川小学校での悲劇がなぜ起きたのか、に焦点を当てて書かれている。

冒頭に登場する「千聖《ちさと》ちゃん」のエピソードから、引き込まれた。

千聖ちゃんは大川小に通っていた当時11歳の女の子で、地震が発生する数週間前、夜中にいきなり目を覚まし、「学校がなくなる」と言って泣きじゃくったという。

千聖ちゃんはもともと、第六感がかなり強い子どもだった。

けれど、それまで泣きじゃくるようなことはなかったという。

お母さんが、どうして学校がなくなるの？　と聞くと、大きな地震が来る、と答えたそうだ。

千聖ちゃんも、あの津波で命を落とした74人のうちのひとりだ。

本を読むまで知らなかったのだけれど、あの震災で亡くなった子どものうち、学校にいて亡くなったのは合計で75人だという。

つまり、避難したものの津波に飲まれてしまったひとりの中学生男子を除いて、あとは全員が大川小学校で犠牲になった児童ということになる。

逆に言えば、他の学校にいた子どもたちは、ほとんどが助かったということ。

地震の多い日本では、学校はとても頑丈に作られているから、地震の揺れによる被害者は出なかった。

そして、その後適切に避難さえできれば、学校はとても安全な場所だったわけで、大川小学校で起きたことが特異だったと言える。

そのことに、著者は注目した。

千聖ちゃんのお母さんも含め、学校から帰らない娘や息子を、誰もが心配した。けれど、どこからか、大川小学校に避難した地元住民と子どもたち200人が、孤立し、学校の屋上で救助されるのを待っている、という情報が流れ、一刻も早く会いたい気持ちはあるものの、命を落とすまでの事態になっているとは、想像していなかった。

その気持ちの落胆は、計り知れなかったと思う。

そして、希望から一転、娘や息子たちの遺体を探す日々が始まった。

著者は、本当に丁寧に取材を重ね、執筆している。

外国人の目だからこそ、冷静で、客観的でもあり、そこに真実が浮かび上がる。

大川小学校の悲劇がなぜ起きたのかと並行して、本には、様々な「霊」も登場する。

ある男性は、地震から少し経って、家族とともに被害の現場へ「見学」に行った。

その前に彼はショッピングを楽しみ、被害現場ではアイスクリームを片手に見て回ったそうだ。

そして彼は、霊に取り憑かれる。

そういう話が、他にもある。

あれだけの数の人が一度に苦しみながら亡くなったのだから、そういうことが起こるのは自然なことだろう。

地震のあった日、私用で学校にいなかった大川小の校長は、地震があって何日も経ってから、現場を訪れた。

保護者たちが必死にわが子の遺体を捜索する中、彼がとった行動にも疑問符が浮かぶ。

最後まで読み終えていないので、あの悲惨な「人災」の原因がなんなのか、私にはまだわからないけれど、そこにはきっと、日本特有の「何か」があるのだろうと想像する。

外国人の目で、ここまで丹念にあの地震を振り返ってくれたことにも、敬意を表したい。

多くの外国人にも、あの時何が起きたのかを知ってもらう、いい機会になったと思う。

その前に読んだ、養老孟司さんの『半分生きて、半分死んでいる』も面白かった。

養老さんには、先月、ベルリンでちょこっとお会いしたのだ。

その時も、ＤＩＭのブラシをお土産に差し上げたのだった。

あー、秋が深まってきたなー。
今日は日曜日で、これからレーズンサンドを作る予定です。

ところかわれば　10月11日

カフェに入り、ふと顔を上げたら花瓶に活けられた花が目に入った。

一瞬、なんの花だっけ？　と思いそうになり、ハッとする。

菊だった。

菊は仏花だと決めつけていたけれど、そうか、こういう活け方もあるんだな、と感心した。

色眼鏡で見ることは、怖いことだ。

菊を見ると反射的にお線香の匂いがしてきそうだったけど、それも私が、菊はこういうイメージ、と勝手に決めてしまっていただけのこと。

そうやって見ると、菊もまた、気品があり、と同時に色っぽくもある。

昨日は、アーティストの束芋《たばいも》さんと、共通の友人のぴーちゃんと3人で、ティアハイムに行ってきた。

ティアハイムは、ドイツ国内にいくつもある動物の保護施設（その数、なんと約１０００！）で、中でもベルリンにあるティアハイムは、最大規模を誇る。

家からは、一時間ほどだった。

まず驚いたのは、その広さと、清潔さ。

コンクリート造りのモダンな建物で、敷地は、東京ドーム３つ分もあるとか。

ドイツのティアハイムはすべて寄付で成り立っており、行政が運営するのではなく、プライベートな施設だ。

まずは犬棟から見て回ったのだけれど、一頭一頭が、室内と屋外を自由に出入りできる作りになっていて、床暖房も備えてある。

老犬やアレルギー、病気持ちの犬も、手厚く保護され、日本のように、保護されたらすぐに殺処分される、ということはない。

ドイツは、殺処分はゼロで、引き取り手が現れなかった生き物も、命が尽きるまで、ティアハイムで過ごすことができる。

ドイツには犬や猫を並べて売るペットショップはほぼ存在しない。

動物を飼いたかったら、ティアハイムに行って見つけるか、もしくはブリーダーさんに譲ってもらう。

一度飼い主から捨てられた犬は、大きなトラウマを抱えていて、なかなか人に懐かない。だからティアハイムでは、引き取り手が見つかりやすいように、きちんとトレーニングを重ね、病気がある犬や猫には治療をし、新たな出会いがあるよう最善を尽くしている。

犬同様、猫たちも、とてもいい環境で保護されていた。

こちらもほとんどが個室で、室内と、外の空気が吸えるテラス、両方を行き来できる作りになっていた。

面白いのは、それぞれの個室に椅子が置いてあることで、おじいさんが中に入って椅子に座り、猫の様子を眺めていた。

相性を探っているのだろうか？

おもちゃなどもそれぞれに置かれていて、至れり尽くせりの環境だった。

ティアハイムがすごいのは、パートナー制度を導入している点で、たとえ家で飼うことはできなくても、気に入った生き物の後見人としてサポートすることができる点だ。

お金を送るのは、月々でも、年に一回でもいいらしく、そのサポートは、そのコが新たな飼い主にもらわれてからも続くという。

そうすることで、新しい飼い主の負担も減らすことができる。

中には、複数の後見人がついている犬猫もいて、そこにはきちんと名前が書かれていた。

ティアハイムには、犬や猫だけでなく、鳥や小動物、爬虫類、動物実験に使われていたサル、虐待を受けていた家畜など、たくさんの種類の生き物が保護されている。

動物にもきちんと幸せに生きる権利が保障されているのが、本当にすごいと思う。

日本では、いまだに殺処分が行われている。

確かに、以前より、数は減っているかもしれない。

でも、「殺処分ゼロ」のスローガンだけが一人歩きし、殺処分の数だけを減らすことが目標になり、そのせいで、動物保護施設がパンクしかかっているという話も聞いた。

手放された犬や猫は、殺処分自体は免れたものの、劣悪な環境で生かされている。

そうではなくて、安易に買ったり、安易に売ったりしないことが、一番の解決策につながると考えるのは、私だけだろうか。

私は、ゆりねを家族の一員として迎える前、コロをレンタ犬として毎週のように連れてきては、一緒に過ごした。

そうすることで、実際に犬を飼うことがどういうことかを、学ぶことができたので本当にいい経験になった。

そういうシステムがあったら、可哀想な結末を迎える犬や猫を、少しは減らすことができるかもしれない。

犬も猫も、カメもイグアナも、家畜だって、自分たちと同じ、ひとつの命を持った存在だということ。

そのことを、胸に刻んで帰ってきた。

なのえちゃん

10月18日

ヤパンに着いた。

結構、寒い。ベルリンの方があったかかった。

覚悟はしていたものの、やっぱり家が荒れ果てている。

私への郵便物がうずたかく積まれ、台所はカオス状態。

そりゃそうだ、ほぼ一年、家を不在にしていたのだもの。

ペンギンに小言を言っても仕方がないので、着いて早々、せっせとお掃除に励んだ。

まずは台所、そして窓。

窓の汚れが気になるようになったのは、多分、ドイツ人の影響だ。

ドイツ人は、やたらと窓をピッカピカに磨く。

あれやこれや、忘れていることも多く、どこに何をしまってあったか、ゴミの分別はどうするんだったか、なかなかすぐには思い出せない。

ドイツのシステムと真逆のこともあり、頭が混乱する。

いろいろびっくりすることはあったけれど、帰国早々に驚いたのは、鍋つかみだ。

私のもったいない精神を受け継いで、ペンギンがガムテープで補強しながらだましだまし使ってきたらしいけど、さすがにもういいのでは、と判断し、ペンギン用の、新しい鍋つかみを探すことにした。

だましだましと言えば、なのえちゃんも、かなりの状態だ。

なのえちゃんはうちの洗濯機の名前で、ペンギンがそう呼ぶようになった。理由はまぁ、単純なんだけど。

夏前から、様子がおかしい、というのは聞いていて、修理屋さんに見にきてもらったりもしたのだが、新しいのに買い換える以外に選択肢がないと言われ、とりあえずということで、ペンギンが、だましだまし使っていた。

私の感覚としては、「まだ10年前に買ったばっかり！」なんだけど、よくよく考えると、なのえちゃんももう、かなりのおばあさんなのかもしれない。

昔の洗濯機は、半永久的に使えた印象があるけどなぁ。

デジタルになって、ちゃーんと寿命が来るように設定してあるのかもしれない。

ペンギンは、私がいない間、なのえちゃんに励ましの言葉を送るなどして、相当がんばったらしい。

量が多いと脱水がうまくできないので、こまめに脱水をするなどして、なのえちゃんの癖を理解し、それに合わせてやってきていた。

なのえちゃんも、調子がいい時はうまく働くから、そのせいもあって、なかなか、買い換える、という判断までは至らなかったようなのだ。

でも、脱水の時は間近をジェット機が通っているみたいな轟音が響くし、脱水したといってもなんか水を含んで重たいし、

「もういいよ。新しいの買おう。何回も脱水し直したりして、電気代の方が高くつくよ」

と言ったら、ペンギン曰く、なのえちゃんが機嫌を損ねたらしく、何度やっても脱水をしなくなってしまった。

(なのえちゃん、ごめんなさい)

そんななのえちゃんに、ペンギンは手のひらを当てて、必死に念を送っていた。

がんばれ、なのえおばあちゃん！！！

今回、時差は意外と平気でホッとしている。

だけど2ヶ月間も、ゆりねに会えないと思うと、寂しい。

ゆりねは、私が日本へ発つ前の日から、何かを察したらしく、元気がなくてしょんぼりしていた。

ゴハンも吐いてしまったし。

今頃、幸せいっぱいで、一緒にホームステイしている仲間の犬たちと、楽しく遊んでくれているといいんだけど。

今年届いた年賀状の現物にようやく目を通し、大掃除に精を出したりして、季節外れのお正月気分を楽しんでいる。

以心伝心　10月20日

こういうことはよくあるのだけど、また同じことが起きた。

昨日のこと。

神田でひとつインタビューの仕事があって、その帰り、歩いていたらお醬油のいい匂いがして、見たら押し寿司の店だった。

それで、今夜はここのお寿司にしよう！　とひらめき、持ち帰り用に包んでもらう。

大好きな太巻き寿司の他、評判のあなご巻きと、ペンギンが好きなかんぴょう巻き、それにお稲荷さんをひとつずつ。

すぐ近くには、随分前に入ったこともある洋菓子店もあったので、そこで、デザートも調達し、小雨が降る中、急ぎ足で家路についた。

と、そこに待っていたのは、近所のお寿司屋さんの太巻き寿司。

なんと、ペンギンも同じことを考えて、買ってきたのだ。

しかも、ほぼ同じ時間に太巻き寿司を買っている。

別々に買い物に行って、同じ野菜を買ってきてしまったり、ということが結構ある。

長く一緒にいると、好みが似てくるのかもしれない。

それとも、今日はあれを食べたいな、という気持ちが、以心伝心で届くのかもしれない。

というわけで、昨日は私が買ってきた太巻き寿司を食べ、今日の朝昼ごはんではペンギンが買ってきた太巻き寿司を食べ、二日連続で太巻き寿司となった。

まぁ太巻き寿司は大好物なので、昨日、今日と連続して食べても、全然気にならない。


ところで、なのえちゃんのお勧めは、今日が最後だ。

実は今も、ゴロゴロと大きな音を立てながら、動いている。

が、最後、残り二枚のシャツを脱水するのに、どうしてもご機嫌斜めで、およそ半日間、ああでもない、こうでもない、とごねている。

ペンギンは、すぐにピーピーと呼ばれるので、そばを離れられない。

私まですっかり感情移入してしまい、長年一緒に暮らしてきたおばあちゃんが、惚けてしまったような複雑な気持ちになっている。

動くことはまだ動く、けれど買い換えないといけない、というのが切ない。
できることなら、多少の治療費がかかっても、直してまだ現役を貫いてほしかった。
だけど、もう製造が中止になっていて、部品がないらしいのだ。
新しいなのえちゃんは、明日来る。
きっと、古いなのえちゃんは、何かを察しているのかもしれない。
ゆりねが、私が出発する前日、何かを察して吐いたみたいに。
動物にも、機械にも、心があると思っている。
こんなに駄々をこねるのは初めてだ、とペンギンがさっきから何度もぼやいている。
私が留守にしている間、お互いに励ましあって、独特の友情が芽生えたらしい。
なのえちゃん、本当に長い間（でも決して長くはないんだけど）お疲れ様でした！

みずうみ三姉妹

10月27日

帰国早々、2泊3日で北海道へ行ってきた。

仕事とは言え、なかなかのんびりした旅だった。

ちょうど紅葉が真っ盛りで、右を見ても左を見ても、美しい風景に心が癒される。

女満別空港から網走へと向かう、ゆるやかな旅だった。


ここ数年、湖に縁がある。

ベルリンにいると、湖がたくさんあって、身近になったというのもあるけれど、森に囲まれた湖という場所に、心が惹かれる。

意図しているわけでもないのに、結果的に湖のそばに導かれる。

中でも、寒い地方の湖が好きだ。

今回の旅でも、チミケップ湖、屈斜路湖、摩周湖と、3つの湖に会うことができた。

どの湖も、静かで、神々しかった。

特に摩周湖は、霧がかかることで有名らしく、なかなか全貌を見ることはできないらしいのだが、今回はばっちり、姿を見せてくれた。

案内してくださったタクシーの運転手さんが、「摩周湖は簡単に人を寄せ付けない。それくらいの力がある」とおっしゃっていたけれど、確かに凛としていて、神秘的で、無条件に手を合わせたくなるような美しさをたたえていた。

子どもの頃は、景色がいいとか言われても、あまりよくわからなかった。

けれど、歳を重ねるにつれて、自然の美しさがいかに尊いものかを実感する。

自然の中には、あらゆる美しさが隠されている。

今回私が目にしたみずうみ三姉妹を、神さまの目で上から見ることができたら、どんなにきれいだろう。

こういう壮大な景色を前にすると、湖や山や川を神話にする気持ちが、よくわかる。

旅の間中、私はずっと母のことを想っていた。

母にも、もちろん父にも、この美しい景色を見せてあげたかったな。

話は変わるが、安田純平さんが解放されて、本当に良かった。

3年もの間、常に過酷な生活を強いられ、時に暴力をふるわれ、人間の尊厳が奪われるような状況下で、よく生き抜いたと思う。

そういう環境では、精神をおかしくしてしまったり、自ら死を選んでしまいそうだけれど、そうならなかったということは、ご本人によっぽどの強い信念があったからだろう。

彼のようなフリージャーナリストが、命の危険をおかしてでも真実を伝えようと危険な地域に入って報道してくれるからこそ、私たちは世界で今何が起きているかを知ることができる。

生きて帰られたことは、本当に素晴らしいことだ。

これからも、信念を貫いて、仕事に邁進《まいしん》してほしい。

明日から、今度は京都だ。

京都には、人の手で作られた美しいものがたくさんあるから、今度はそっちを満喫しーましょ。

鞍馬温泉へ

11月3日

京都で、半日だけフリーの日があったので、叡山電鉄に乗って、鞍馬へ行ってきた。

出町柳の駅前でお弁当を買い、電車の中で食べる。

牛肉弁当を買ったら、まるで母親が作ってくれたお弁当に瓜二つでびっくりした。

そういえば、生まれて初めて飛行機に乗ったのは、京都旅行が目的だった。

今でもぼんやり覚えている。

飛行機の中に、家から大事に持ってきた人形（キキとララのどっちか）を忘れてきて大泣きし、けれど帰りに無事再会できて嬉しかったこと。

あれから、あっという間の40年。

人生って、本当に早い。

まずは鞍馬寺に参拝したのだけど、台風の爪痕が想像以上に生々しく残っていた。

貴船神社の方へ抜ける山道も、まだ通行止めで通れない。

再開の見通しは立っていないとのこと。

立派な大木がドミノのようになぎ倒されていて、自然の力には太刀打ちできないことを肌で感じた。

残念ながら山椒餅は売り切れだったけど、代わりに別のお餅を買い、それから鞍馬温泉へ。

露天風呂に浸かって、のんびりした。

山が近くにあるとホッとする。

温泉は、日本にいる醍醐味だなぁ。

当たり前だけど、普通に日本語で世間話ができることに、ありがたみを感じてしまう。

あと、水道水をそのまま飲めることにも。

陽が暮れるまで、露天風呂から空を見ていた。

なんていう贅沢だろう。

今回の京都旅行は、前半は仕事、後半はプライベートだったけど、どっちも、人に会う旅だった。

そして、人に会ってお話をうかがうことで、京都の奥深さを実感した。

恐るべし、京都。

私はこの歳にして初めて、京都に「畏れ」を感じたような気がする。

手の込んだお弁当みたいに、京都の碁盤の目には、至るところにいろんな要素が詰まっている。

今日は、コトコト昆布を炊きながら、原稿書き。

やっと時差も取れて、夜、普通に眠れるようになってきた。

縁　11月11日

京都から戻ってすぐ、山形に行ってきた。

私にとって、もう帰る場所はないのだが、でも逆にその方が、山形をありのまま受け容れることができる。

福島を過ぎ、米沢に着く頃には山も深くなり、素直に、あぁきれいなところだと思った。

ちょうど紅葉が見事で、車窓の風景に見とれていたら、あっという間に山形に到着した。

山形市内には、大好きなカフェと、大好きなお菓子屋さんがある。

カフェはわりと最近できたそうだけど、お菓子屋さんの方は、私が子どもの頃からある。

おそらく、私と同じ年くらいじゃないかしら？

母は、私の人生の悪役を演じていたが、仮面を取った母はたまに、そこのお菓子を送ってくれた。

特に私は、マカダミアナッツが入ったクッキーに半分だけチョコがかかったお菓子が好きで、勝手に「チョコ棒」と名付けて慈しんでいた。

母との関係が良好だった頃、冷蔵庫にはしばしばチョコ棒が入っていた。

ペンギンも、チョコ棒が好きだった。

ただ、母との関係が悪化し、いよいよ悪役が板についてきてからは、チョコ棒の姿をぱったり見なくなった。

そのお菓子屋さんへ、久しぶりに寄ってきた。

店の佇まいも変わらなければ、ショーケースに並んでいるお菓子も、ほとんど変わらない。

そして、私が子どもの頃から店に立つ奥さんもまた、変わらなかった。

何がすごいって、それだけ年月が経っているのに、色あせた感じが全くしないことだ。

店に漂う匂いも、そのままだった。

今は、主に娘さんがお菓子を作られているという。

私がよく店に通っていたのは、それこそ若い頃だったし、ご挨拶はしなかったのだが、奥さんの方が覚えていてくださり、声をかけてくださった。

そのことにも、びっくりした。

誕生日に食べていたケーキも、昔のまま。

ここのお菓子を食べて育った自分は、本当に幸せだったことを実感した。

あれもこれも懐かしいものばかりだったのだけど、まだ旅行が続くことを考えて、買うのは最小限に留めた。

買ったのは、レーズンサンドひとつと、アントーレという中にパイ生地が挟んであるお菓子、それにチョコ棒ふたつ。

レーズンサンドとアントーレは、旅の途中のおやつとして、チョコ棒はお土産に。

山形から戻って次の日に、伊勢丹での『ミ・ト・ン』の会があるので、その時にお会いする平澤まりこさんと編集者の森下さんに差し上げようと思ったのだ。

だから、自分用のチョコ棒は買わなかった。

で、昨日がその『ミ・ト・ン』の会。

お越しくださった皆さま、本当にありがとうございました。

お会いできて、嬉しかったです！

実は、朝、出かける準備をしながら、ちょっと心が揺れていたのだ。

チョコ棒のことで。

ふたりへのお土産は、別のものでもいいかな、と。

そして、手元にあるチョコ棒を、自分で食べてしまおうか、と。

でも、ラトビアの十得の中に、「気前よく」とあるのを思い出し、やっぱりチョコ棒は、当初の予定通り、お土産としてお渡しすることにした。

おふたりにも、私が子どもの頃から好きだった味を、食べて欲しかったので。


さて、『ミ・ト・ン』の会は、午前の部と午後の部があり、午後の部が終わって、ご希望の方にサインをしている時、大学生の息子さんを連れた女性が私のところに来てくださった。

山形の方だという。

その方が、どうぞ、と紙袋をくれた。

「私の好きなお菓子屋さんのお菓子です、もう40年くらいずっと同じ味なんです」と。

その方は、私が歌の作詞の仕事をしていた頃から、応援してくださっているという。

そして、家に帰ってびっくり仰天。

彼女が私にくださったのは、なんとなんと、チョコ棒だったのだ。

世の中に、星の数ほどのお菓子があるのに。

山形市内だけだって、いろんなお菓子屋さんがあるのに。

そのお菓子屋さんにだって、ほかにもいろいろ種類があるのに。

ピンポイントで、私がもっとも好きなチョコ棒だった。

そんなことってあるのかな？　と、いまだに、狐につままれているような気分が続いている。

あまりにもったいなくて、手がつけられない。

やっぱり、買ってきたふたつは、お土産にして正解だった。

母が、せっかくお店にまで行ったのにチョコ棒を食べられない私に、情けをかけてくれたのかもしれない。

いや、きっとペンギンにあの味を食べさせたかったのだろう。溺愛していたから。

以前、亡くなった人の好物を食べることが供養になると聞いたことがある。

だから今回は、そのつもりで、たくさん食べた。

祖母が好きだった鰻とレーズンサンド。

父が好きだった日本酒。

母が好きだったアントーレ。

温泉に浸かりながら、たくさん、たくさん、語りかけてきた。

帰る場所はもうないと思っていたけれど、今回はじめて泊まった宿がとてもよかったので、これからは勝手に、その旅館を実家だと思うことにした。

山と湖、そして川

11月15日

2泊3日で、大人の遠足。

京都に続き、またのんのんと。

気の合う女友達と行く旅が、一番楽しいかもしれない。

のんのんが、星が見たいというので、今回は信州にした。

残念ながら曇っていて満天の星は想像するしかなかったけれど、湖の前に建つ山荘で、おいしい料理をたらふくいただき、居心地のよい空間で、日頃の疲れを癒してきた。

旅先で何もしないことが、一番の贅沢だと思う。

朝、目が覚めてカーテンを開けたら、空が晴れていて、向こうにそびえる山の頂上までがしっかり見える。

あー、きれい。

こんな景色を、毎日見て過ごしたい。

ソファで毛布にくるまりながら、刻々と色を変える空をじっと見ていた。

大糸線に揺られて松本へ移動し、松本でもう一泊。

視界に山が入るだけで、妙に落ち着く。

松本は、大好きな町のひとつだ。

なんでもないんだけど、そのなんでもなさが、とても心地いい。

川があって、水がきれいで、山が見えるから、私にとっては大事な要素がすべて揃っている。

おそらく日本以外のアジア出身と思われるホテルの受付の女性がとても親切で、ありがたかった。あんまり日本語が上手なので、最初、気づかなかったけれど。

きっと、そういう人たちがこれからたくさん増えるのだろう。

彼女が教えてくれたイタリア料理が、とても好みの店だった。

食べたのは、新潟でとれた白えびと甘えびのフリットと、ボルボッティーノ。

あと、私はパスタにカルボナーラを注文し、のんのんは、カッチョエペペ（チーズと黒胡椒のスパゲッティ）。

ボルボッティーノはたまごのトマト煮で、てっきりゆで卵をトマトソースで絡めたのが出てくるのかと思ったら、たっぷりのトマトソースの中に、卵を割り入れ、それをグラタンみたいに焼いたもので、すばらしく味が良かった。

歳を重ねるごとに、なんだか量が食べられなくなった気がする。

だから、好きなものを、「おなかいっぱい！」の手前でやめるのが一番幸せ。

そうすると、朝も苦しくない。

ホテルの購買部（とのんのんが言った）で売っていたハガキがあまりに素敵だったので、ベルリンにいる友人に手紙を書き、ポストに投函した。

これも、旅の楽しみのひとつだ。

それにしても、松本はおいしいお菓子の宝庫だなぁ。

私好みの素朴なお菓子がたくさんあって、今回買ったお土産は、ほとんどが甘いお菓子になってしまった。

もちろん、開運堂の「白鳥の湖」は欠かせない。

帰りは、別々の「あずさ」で帰ってきた。

いつか、松本に住むことがあるかもわからない。

ここからの景色を見るたびに、あー、やっぱり松本はいい町だなぁと惚れ惚れする。

チクチク日和

11月17日

今日は、気持ちのいい土曜日。
久しぶりにゆっくりと週末を過ごしたような気がする。
気持ちに余裕がある時、私は縫い物をしたくなる。
縫い物と言っても、何か大掛かりなものではなく、大抵は雑巾だ。
雑巾を縫っていると、心が落ち着く。
ここ最近、旅行することが多かったので、温泉タオルも溜まっているし。
チクチク、チクチク。
心を空にして、雑巾を縫う。
自分で縫った雑巾は、なんだか愛着もあって、使いやすい。
私が子どもの頃は、よく、学校で雑巾を持ってくるよう言われたものだ。

その時はもっぱら、祖母が縫ってくれたっけ。
色がきれいなので、私はよく、刺繍糸を使って雑巾を縫う。
今日は、布マスクのほつれを糸で補強した。
洗濯を繰り返すうちに、だいぶ縫い目が傷んできたので。
これでまた、数年間は、使えるだろう。

ゴハンを探せ！　11月22日

この間バスに乗っていたら、窓から富士山が見えた。

夕方、桃色の空にきれいなシルエットが浮かんでいた。

やっぱり、神々しいほどに美しい山だ。桃富士、なんて言葉はあるのかな？

ところで、ただ今ゆりねはベルリンのトリマーさん宅に預かってもらっている。ゆりねにとっては大好きな場所なので、心理的な面では心配はないのだが、困っているのはゴハン。

いつも食べているお肉の缶詰を私がインターネットで注文してトリマーさん宅に手配するのだが、これが毎回一苦労なのだ。

きちんと家まで届けられた例《ため》しがない。

私が借りている部屋もそうだけれど、ベルリンにはエレベーターのないアパートが結構ある。

私が住んでいるのは、日本式の3階。トリマーさんが住んでいるのは、5階。

一応、日本のような細かい時間帯指定はできないけれど、この日の午前、または午後に配達予定です、的な案内はたまに来る。

だから、それを受けて家で待機するのだが、ベルを鳴らすこともなく、はなから別のところに置いて行ってしまうのだ。

荷物が重くて、上の階で、エレベーターがない場合は、特にその確率が高くなる。

私もよく同じアパートの住人の荷物を預かるし、預かってもらうことも多い。

それはとても助かる。

でもそれも、どこに、もしくは誰が預かってくれているのか、がはっきりしている場合だ。

先日なんか、ゆりねのゴハンを送ったら、案の定、はなから別のところに持って行かれてしまったのだが、その置き場所が、「Packetshop」となっていて驚いた。

「Packetshop」というのは、日本でいえば「コンビニ」と書かれているようなもので、どこの「Packetshop」なのかという記載が一切ない。

これには参った。

結局、トリマーさんが近所の「Packetshop」を一軒一軒しらみつぶしに探し、ようやく見つけてくれた。

私も何度も嘆いているけれど、ドイツの郵便事情は、あまりにあまりに酷すぎる。

せめて、重くて運ぶのが大変なら、下でベルを鳴らして、そこに置いていってくれた方がまだいい。

日本の宅配のサービスは過剰すぎるように感じるけれど、ドイツはその真逆で、「ほどほど」がいいなぁ、と実感した。

ゴハンを探せ！　といえば、わが家のスローガンも、まさにそう。

とにかく、冷蔵庫と冷凍庫にいろんな食材が入っていて、連日、そこから食べ物を「発掘」しながら食べている。

一昨日は、冷凍庫の奥から餃子が出てきた。

どうも、手作りっぽい。

私にはそのことに関する記憶がなかったので、ペンギンに尋ねたものの、ペンギンも思い出せないという。

とにかく、食べてみることにした。

具の中には、豚肉とエビとニラが入っていて、なかなかというか、かなりおいしい。

皮も、手作りしてあり、しかも薄い。

誰それさんがくれたんじゃない？　いや、なんとかさんかもしれない、などと言いながら、ぺろりと全部食べてしまった。

これで一食、助かった。

その餃子の来歴をペンギンが思い出したのは、食後、数時間経ってから。

どうやら、マッサージに行った際、そこの中国人のオーナーが作ったものを、本来もらうはずだった人の代わりに、ペンギンが代理で頂いてきたのだという。

それで、ちょっと記憶が曖昧になっていたのだとか。

それにしても、出てくる、出てくる。

毎日、買い物をしなくていいので楽チンだ。

せっかくの食べ物を無駄にするのは忍びないので、とにかくせっせと消費している。

目指すは、空っぽの冷蔵庫だ。

どなたですか？　11月28日

電話が鳴った。

「もしもし？」

「fijawo;fdfheufdierp」

何か言っているけれど、よくわからない。

「もしもし？」

けれど向こうは、親しげに話しかけてくる。

でも、本当にわからなかった。

間違い電話かなぁ、と思ったものの、もしかするとペンギンの知り合いが酔っ払ってかけてきているのかもしれず、そうそう邪険にもできない。

いきなり電話を切るわけにもいかないし、困ったな。

受話器を持ったまま、しばらく途方に暮れてしまった。

スマートフォンなら相手がすぐにわかるけれど、私のは固定電話なので向こうから名乗ってくれないと、相手が誰かわからない。

そういう場合は、声で判断するしかない。

「どちら様ですか？」と言いかけ、いい加減もう切ろうかな、と思った時、

「お母さん、本当にこの電話で合ってるのー？」

と向こうで叫ぶ声がした。

ん？　お母さん??

数秒後、受話器から聞こえてきたのは、石垣ねーさんの声。

やっとわかった。

なんと、電話をかけてきたのは、息子のタオだったのだ。

中学3年生になったタオは、すっかり声変わりして、以前のちびっこの面影は、全くなくなっていた。

狐につままれたような、とはまさにこのこと。

タオだとわかってからも、あまりの変貌ぶりに頭がついていけない。

おかしくて、ゲラゲラ笑ってしまった。

ていたのだ。

タオは、電話口で、私に、「ネーネー、ネーネー」と以前と変わらない呼び方で呼びかけていたのだ。

でも、声が変わったせいで、本来の意味の「ネーネー」には到底聞こえなかった。

「ネーネー、いっつも日本にいないからさー」

と、タオはいたって今まで通りに接しているのに、声が変わったせいで、私はまるで突然スナックのママに抜擢されて、常連さんに「ネーネー」とダミ声で甘えられているような、こそばゆい気分になってしまった。

ごめん、タオ。

本当に全然わからなかったのよ。

前に会ったのが、小学6年生の時だったから、この3年間で、目まぐるしく成長したのだと思う。

声だけでこんなにびっくりなのだから、実物を前にしたら、腰を抜かしてしまうかもしれない。

最初に会った時はまだ幼稚園児で、恥ずかしくてテーブルの下に潜っていたのに。

10年が、あっという間に過ぎてしまった。

今回のように、一年くらい間をあけて人に会うと、その人の見た目の変化が如実にわかる。

この間も、近所の商店街を歩いていて、八百屋のおばさん、ずいぶん老けたなぁ、とか、自転車屋のおじさん、前より腰が曲がったなぁ、とか、そんなことばかりが目について仕方なかった。

同じマンションに住む子どもは、いきなりぐんと成長していて度肝を抜かれる。

もちろん、それだけ自分も老いているわけだけど。

毎日のように鏡で自分の顔を見ていると、そのことになかなか気づけない。

面白いのは、自分よりうんと年上だったり、うんと年下だったりする人たちの変化はとてもよくわかるのに、同世代の人に会うと、つい、「全然変わりませんね!」と思ってしまう。変わっていないわけないのに。

でも、不思議と、あまり変化がわからない。

あれは、相手を自分に置き換えて、贔屓目で見ているのだろうか。


2週間くらい前、スーパーにもうお正月飾りが売られていて驚いたのだけど、よく考えたら、もう11月も終わって、あと数日で師走を迎える。

ベルリンにはもう雪が降って、クリスマスマーケットも始まっている。

自分の心が追いついていないだけで、世の中はもう年末ムードなのだ。

というわけで、ここ最近のお楽しみはシュトレン。

去年、ドイツで期待して食べたけれど、やっぱりうちの近所のお菓子屋さんのシュトレンの方が、ずーっとおいしい。

しかも、今年のシュトレンは、今までよりも更においしい。

そして今夜も、冷凍庫から発掘したカジキマグロの醬油漬けを焼いて食べる。

水分が抜けて小石のようにカチカチになっていた赤味噌は、なんとかほぐして柔らかくし、みりんで甘くしてふろふき大根に。

こういう時、出し惜しみせずに柚子を添えられるのが、なんとも幸せ。

柚子は、寒い冬を笑顔に変えてくれる、とっておきの食材だと思う。

ありがとう！

12月3日

友人が亡くなって、一週間が経つ。

ベルリンでよく一緒にゴハンを食べたり、温泉へ行ったり、遠足へ行ったりしていた。私の髪の毛を切ってくれていたのも、彼女だった。

もうひとりの友人と私と三人で、いつもケラケラ笑いながら、夜遅くまでいろんな話をした。

ガンだというのは知っていたし、それが再発したというのも聞いていた。

もちろん、彼女の体調を気づかってはいたけれど、それ以上に、普通に接するのを心がけていた。

一年前、まさか彼女が一年後には天国にいってしまうなんて、想像すらしていなかった。

振り返ると、この一年、私たちはよく、取りつかれたように、宇宙や死について、話していた。

だけど、こんな結末を迎えるだなんて、ちっとも思っていなかった。

彼女は、この夏、息子を連れて日本に帰省中、体調が悪くなって、もうベルリンへは戻ってこられなくなった。

それ以降は、大分の実家で、家族に囲まれて闘病していた。

8月に一度体調がうんと悪化し、生死をさまよいながらも、奇跡的に一命をとりとめて、一度は、元気になっていた。

だから本人も、そして周りも、そのまま元気を取り戻すようなつもりになっていた。

でも、そんなに甘くはなかった。

ガンは、彼女の体内で、着実に勢力を広げていた。

10月に私が日本に戻る時、彼女から頼まれてドイツで売っているアロマオイルをお土産に持ってきて、それを送った。

受け取った彼女からは、とてもはつらつとしたメールが届いたので安心した。

でも、その後からみるみる体調が悪くなって、最後に電話した時は、ほとんど意識はなく、大量に血を吐いたこともあり、可哀想なほどに痩せてしまっていた。

それでも、意識が朦朧とする中、「治ったら、森の中で、美容室を開きたい」と語っていた。

言葉を話す姿を見たのは、それが最後になった。

亡くなる前の一週間は、ほとんど意識がないような状態だったけれど、家族は、毎日、イベントを企画して、隠し芸大会をしたり、歌のライブをしたり、少し前倒しして、彼女のバースデーパーティを開いたりしていた。

その姿は、本当に素晴らしくて、家族っていいなぁ、としみじみ思った。

彼女が周りの人たちとどういう関係を結んで生きてきたかの結果がそれだった。

離婚をして、シングルマザーとして小学生の息子を育てていたのだけど、最後は、元旦那さんも実家に駆けつけ、いい時間を過ごしていた。

すべてを許して、生きている間に愛に置き換えて、本当に見事だと思った。

あれは、亡くなる数日前だった。

若い頃からの彼女の写真が、ラインのグループに送られてきた。

そこに、中学生か高校生か、とにかく十代の頃の彼女の写真があった。

それを見て、一同、仰天した。

化粧をし、真っ赤な口紅をぬり、上半身にはサラシをくるくる巻いて、長ーいスカートをはいて、思いっきりレンズを睨みつけていた。

「きゃー、スケバンだー！」

「隠してたー」

「めちゃくちゃ強そう！」

「気合い入りまくってるー」

と、私たちはさんざん盛り上がった。

私も、そしてほかの友人たちも、泣き笑いが止まらない。

本人はもう昏睡状態だったけれど、それはまさに、彼女からのギフトに思えてならなかった。

あんな悲しい状況にも私たちを笑わせてくれて、本当に彼女らしい計らいだった。

きっと彼女は、「ばれたか」とでもつぶやきながら、私たちの様子を見てほくそ笑んでいたに違いない。

そして、8月に亡くなってもおかしくはない状態だったのに、生還して、それからの日々を家族とともに過ごせたことは、彼女にとっても幸せだったけれど、それ以上に、家族や周りの友人たちが、彼女の死を受け入れるために必要な時間でもあったと思う。

もう、生身の彼女には会えないんだなぁ。

そう思うとしんみりしてしまうけれど、この一年間、さんざん、「死んでも魂として生き続けている」ということを話してきたので、ま、ちょっと早く彼女が姿を変えただけかな、またいつかどこかで会えるんだろう、とも思っている。


そんなわけで、今日は彼女の冥福を祈って、お線香を焚いた。

お香は、亡くなった人の魂のゴハンになると言われている。

だけど、究極の究極を言えば、それもやっぱり、残された人のためというか、残された人がそう信じることで、何かが救われるから、なのかもしれない。

彼女は、とびきり愛おしい人生を、全力で駆け抜けた。


さてと、今日は冷蔵庫の奥からゼンマイの水煮を発掘したので、甘辛く煮て食べよう。

順調になくなりつつはあるけれど、まだまだ行ける。

自分の色　12月11日

冷蔵庫からっぽ計画は、ほぼ達成できた。
すかすかになった冷蔵庫を、きれいに磨く。
台所周りの床も、重曹で雑巾掛け。
窓も磨いたし、布団も洗ったし、まぁなんとか、気持ちよく年を越せる状態になった。
私はこれから韓国へ。
日韓交流イベントに呼ばれ、初の韓国だ。
近いのに、ほんと、時間がかかってしまったなぁ。
韓国では、私の本がほぼすべて翻訳されている。
だからいつか、訪れたいと思っていた。

ちょっと前になるけれど、京都に行ったのは、『七緒』の取材だった。

着物をきて、新年を迎えるためのお正月用品をそろえましょ、という企画。

その筆頭が襦袢で、今回は自分で生地から選び、更にそれを自分好みの色に染めてもらった。

いわば、染めのお誂《あつら》え。

うんと若い頃に母が作ってくれた襦袢は、濃いピンクで、生地も厚ぼったく、申し訳ないがなかなか出番がなかった。

着物は結構汗をかくし、襦袢は特にその影響を受ける。

だから、私はいつも、気軽にお洗濯ができる「嘘つき襦袢」（というジャンルがあるのです）で誤魔化してきた。

襦袢は見えないし、そこにはあまり神経を使ってこなかった。

ところがどっこい、京都生まれの友人曰く、「いいおべべ、作ってもらわはったなぁ」と着物の生地を見るふりをして、さっと中の襦袢を品定めする、というのである。

おそるべし、京都人。

だけど、確かにそれもわかる。

見えないところにこそ、その人の本質みたいなのが現れるのかもしれない。

たかが襦袢、されど襦袢なのである。

それに、襦袢の全体像は確かに外から見えない、けれど、ちょっとは見える。

そして、その「ちょっと」が実はとーっても大事だったりする。

私も四捨五入すると50になるしなぁ、お誂えの襦袢くらい、あってもいい歳かもしれない。

どんな生地でどんな色に染めたかは、ぜひ雑誌をご覧になってくださいね！

今回他に取材させていただいたのは、昆布屋さん、コーヒー屋さん、お花屋さん、お香屋さん。

どのお店も、好きなところばかりだった。

でも今回の旅で、京都の、ぞっとするような底の知れない恐ろしさを感じたのも事実だった。

あまりにも歴史があり、奥が深すぎて、簡単には立ち入れないなぁ、という感じ。

京都の人が気高くなるのは、もっともだと思う。

だって、時間の感覚が全然違うのだもの。

襦袢と一緒に、白生地から帯揚げも好みの色に染めていただいた。

帯揚げもまた、襦袢と同じで、全体像は見えないけれど、選び方ひとつでがらりと印象が変わる大事な要素だ。

帯揚げがきれいにおさまるかどうかで、野暮ったくも、粋にもなる。

帯揚げが全く見えなくてもおかしいし、見えすぎてもおかしくて、帯揚げって本当に悩ましい。

でもこの帯揚げが、将来、私の勝負帯揚げになってくれるんじゃないかと期待している。

どの着物と帯に合わせようかと、想像するだけで楽しくなる。

着物周りにお誂えが増えていくのは、とても幸せ。

次に日本に戻る時は、色を染めた生地から襦袢を仕立ててもらおう。

さてと、そろそろ出発の時間だ。

ウェルカムスノー

12月16日

ソウルでの日韓交流イベント、テーマは「ささやかな共感」だった。

私は、ブックコンサートで角田光代さんと共に本の内容や日々の暮らしに関する質問を受け、後半の音楽のコンサートでは、本の朗読を行った。

しかも本の朗読は、梁邦彦さんの奏でるピアノ伴奏との共演で、かなりドキドキする試みだった。

読んだのは、『食堂かたつむり』の一節。

後ろのスクリーンに、韓国語の訳をつけてくださった。

結果的には、まぁ、合格点かな。

梁さんにピアノを弾いていただきながら朗読ができるなんて、一生の記念になった。

今回、角田光代さんとご一緒できたのも、とても光栄なことだった。

一生の記念といえば、韓国にある日本大使館での昼食会も印象的だった。

ソウルの中心部から少し離れた山の上にある大使公邸にお呼ばれし、他の参加者と一緒にお昼をいただく。

長嶺大使ご夫妻が、温かくもてなしてくださった。

まるで異国の地にいることを忘れてしまいそうな和食の数々に、感動した。

前日の夜にいただいた韓国料理もおいしかったし、イベントの前に出してくださったお弁当もおいしかった。

こんなに近くて魅力的な国なのに、どうしてもっと早く韓国を訪れていなかったのか、悔やまれた。

やっぱり、自分の目で見て感じたり、味わったりするのって、本当に大事だ。

韓国語に訳された『ツバキ文具店』を読んで、実際に鎌倉へ旅行する人も増えているらしく、ささやかでも交流のきっかけになっているようで嬉しい。

ふだんはお会いすることのない、韓国の出版社の方たちとお目にかかれたのも、心から幸せなことだった。

今回は仕事のスケジュールが詰まっていたため、あまり自由時間はなかったけれど、次回はぜひ、プライベートで訪れて、美術館や、韓国の精進料理や、白磁の器を巡る旅を堪能したい。


ソウルを去る日の朝、ホテルのカーテンを開けたら雪景色になっていた。

雪が、ふわりふわりと、踊るように舞っていた。

雪道を歩きたくてうずうずしたけれど、ホテルに戻ってこられなくなると大変なのでグッと堪えた。

ソウルから成田に飛んで一泊し、成田からヘルシンキを経由してベルリンへ。

ベルリンでも、雪が出迎えてくれる。

続け様に2回のウェルカムスノーだった。

約2ヶ月ぶりにゆりねと添い寝。

やっぱり家族は、こうでなくちゃいけないなー。


ヘルシンキへ向かう飛行機の中で、『万引き家族』と『日日是好日』を見た。

どちらも、日本にいる間に見そびれていたのでラッキーだった。

そして今朝、新聞に出ていた記事に、しんみりする。

南青山に児童相談所を作る計画が、住民の反対により頓挫しているというニュースは知っていたけれど、反対する人の声を読んで言葉をなくした。

「3人の子を南青山の小学校に入れたくて土地を買って家を建てた。物価が高く、学校レベルも高く、習い事をする子も多い。施設の子が来ればつらい気持ちになるのではないか」

「青山のブランドイメージを守って。土地の価格を下げないでほしい」

誰も、好き好んで児童相談所のお世話になるわけではないだろうに。

これが、現実なのかと思うと、途方にくれた。

もちろん、みんながみんな反対しているわけではないだろうし、多くの賛成の声よりも、少ない反対の声の方が大きく響いているのだろうというのも想像できる。

それにしても、だ。

逆の立場だったら、どう感じるのだろう。

親に虐待を受け、更に勇気を持って手を差し出した社会からも冷たくあしらわれたら、その子は一体、どこに救いの手を求めればいいのか。

これもまた、自己責任なのだろうか。

『万引き家族』を見たばかりだったということもあって、なんだかすごく考えさせられた。

昨日は、背丈ほどもあるクリスマスツリーを肩にかついで歩く人を、何度か見かけた。

せめてクリスマスくらい、世界中の人が、特に子どもたちが、心穏やかに過ごせるといい。

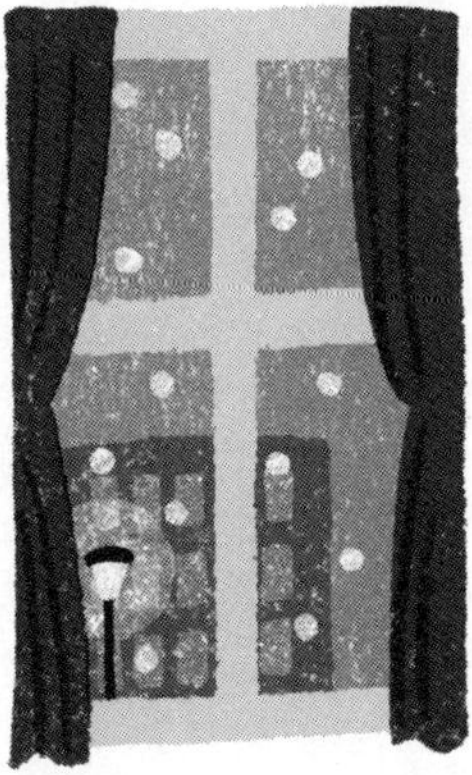

本書は文庫オリジナルです。

幻冬舎文庫

●好評既刊
ツバキ文具店
小川　糸

鎌倉で小さな文具店を営みながら、手紙の代書を請け負う鳩子。友人への絶縁状、借金のお断り……。身近だからこそ伝えられない依頼者の心に寄り添ううち、亡き祖母への想いに気づいていく。

●好評既刊
キラキラ共和国
小川　糸

『ツバキ文具店』が帰ってきました！　亡くなった夫からの詫び状、憧れの文豪からの葉書、大切な人への最後の手紙……。今日もまた、一筋縄ではいかない代書依頼が鳩子のもとに舞い込みます。

●好評既刊
さようなら、私
小川　糸

帰郷した私は、初恋の相手に再会する。昔と変わらぬ彼だったが、私は不倫の恋を経験し、仕事も辞めてしまっていた……。嫌いな自分と訣別し、新しい一歩を踏み出す三人の女性を描いた小説集。

●好評既刊
ミ・ト・ン
小川糸 文
平澤まりこ 画

マリカの住む国では、「好き」という気持ちを、手袋の色や模様で伝えます。でも、マリカは手袋を編むのが大の苦手。そんな彼女に、好きな人が現れて。ラトビア共和国をモデルにした心温まる物語。

●好評既刊
ペンギンと暮らす
小川　糸

夫の帰りを待ちながら作る〆鯵、身体と心がポカポカになる野菜のポタージュ……。ベストセラー小説『食堂かたつむり』の著者が綴る、美味しくて愛おしい毎日。日記エッセイ。

グリーンピースの秘密《ひみつ》

小川糸《おがわいと》

令和3年2月5日　初版発行
令和4年1月31日　4版発行

発行人——石原正康
編集人——高部真人
発行所——株式会社幻冬舎
〒151-0051東京都渋谷区千駄ヶ谷4-9-7
電話　03(5411)6222(営業)
03(5411)6211(編集)
振替00120-8-767643

印刷・製本—中央精版印刷株式会社
装丁者——高橋雅之

幻冬舎文庫

ISBN978-4-344-43056-3　C0195　お-34-18

幻冬舎ホームページアドレス　https://www.gentosha.co.jp/
この本に関するご意見・ご感想をメールでお寄せいただく場合は、
comment@gentosha.co.jpまで。